無敵名
무적명

9

백준 신무협 장편소설
ORIENTAL FANTASYSTORY & ADVENTURE

dream
books
드림북스

무적명 9

초판 1쇄 인쇄 / 2012년 7월 23일
초판 1쇄 발행 / 2012년 8월 3일

지은이 / 백준

발행인 / 오영배
편집팀장 / 권용범
책임편집 / 편집부
펴낸 곳 / (주)삼양출판사 · 드림북스

주소 / 서울특별시 강북구 송천동 322-10호
대표 전화 / 02-980-2112 팩스 / 02-983-0660
편집부 전화 / 02-980-2116 팩스 / 02-983-8201
블로그 / blog.naver.com/dreambookss

등록번호 / 제9-00046호
등록일자 / 1999년 3월 11일

© 백준, 2012

값 8,000원

(주)삼양출판사 · 드림북스의 서면 허락 없이는 어떠한
형태나 수단으로도 이 책의 내용을 이용하지 못합니다.

ISBN 978-89-542-4747-4 (04810) / 978-89-542-4303-2 (세트)

* 지은이와 협의하에 인지는 생략합니다.
* 잘못된 책은 구입한 곳에서 바꾸어 드립니다.

無敵名
무적명
9
백준 신무협 장편소설
ORIENTAL FANTASYSTORY & ADVENTURE
dream books
드림북스

無敵名

무적명

목차

제1장

걸어서 나가다

　무천자인 임이영이 왔다 간 이후 장권호의 일상이 특별하게 변한 것은 없었다. 평소와 같이 장작을 패고 물을 나르고 명상에 잠기거나 낮잠을 잤다.

　햇빛이 강한 초여름 날씨는 특히나 낮에 몰려오는 잠을 피하기가 힘들다. 초식으로 따지면 정말 무적의 초식이 분명했다.

　그늘진 마루에 누워 잠을 청하던 장권호는 다가오는 발소리에 눈을 떴다.

　"아직도 주무세요?"

　"딱히 할 게 없으니 자야지."

　"한량이 따로 없네요."

서영아가 다가와 장권호의 앞에서 인상을 썼다. 그러자 장권호가 말했다.

"본래 무인이란 한량과 같아서 무공을 수련하는 일을 제외하곤 아무것도 안 하려고 하지. 무공 수련만으로도 지치고 힘들어서 다른 일을 할 수가 없거든."

"무공을 수련하는 것도 아니잖아요."

서영아가 핑계 좋다는 표정으로 말하자 장권호는 가만히 미소를 보이며 일어나 앉았다. 그러자 그 옆에 서영아가 나란히 앉으며 말했다.

"손에서 물이 마를 날이 없네요. 빨래에 밥하고 설거지하고…… 휴……."

깊은 한숨과 자신의 손을 이리저리 살피는 그녀의 모습에 장권호가 말했다.

"그래도 피에 젖은 것보단 낫잖아?"

장권호의 말에 서영아는 천천히 고개를 끄덕이며 지친 표정으로 장권호의 어깨에 살며시 고개를 기대었다.

힘들게 살았던 과거와 지금을 비교해보면 한없이 즐겁고 평온한 날들이었다. 거기다 이렇게 장권호의 어깨에 기대어 쉴 수 있다는 것이 제일 좋은 즐거움이었다.

"그렇긴 하죠. 어차피 주방 일도 어느 정도 익숙해지면 손을 놓아도 된다 했구요."

서영아는 유송희가 한 말을 생각하며 말했다.

"송희가 많이 부려먹는 모양이구나?"

"그렇지는 않아요. 제게 굉장히 잘해주세요. 마치 가족처럼……."

서영아의 말에 장권호는 그녀의 머리카락을 쓰다듬으며 고개를 끄덕였다.

"그럼 가족이지 남이야? 편한 마음으로 지내. 여기가 내 고향이다라는 생각으로 지내다 보면 정말 고향이 될 테니까. 그리고 내 뒷바라지도 해야지?"

장권호가 약간은 장난스럽게 말하자 서영아가 웃음을 보였다. 장권호의 이런 모습을 보는 것과 장난스러운 대화도 좋았다. 아주 사소한 행복이지만 이런 감정이 나쁘지는 않았다.

"보아하니 점심을 먹을 때로군. 오늘은 다 함께 모여서 먹을까?"

"네, 그래요."

서영아가 고개를 끄덕이며 일어서자 장권호도 일어나 함께 장백파로 향했다.

방 한가운데 모여 앉은 네 사람은 도란도란 대화를 나누며 식사를 했다. 주된 이야기는 장백파를 새롭게 바꾸는 데 있었고 정영과 유송희의 모습은 마치 부부처럼 보이기도 했다.

"둘이 잘 어울리네."

장권호가 식사 중에 갑작스럽게 말하자 정영이 순간적으로 얼굴을 붉혔고 유송희가 눈을 크게 뜨며 장권호를 노려보았다.

"사형도 참 못 하는 말이 없어요."

"아니, 정말 잘 어울려서 하는 말이야."

"칫!"

유송희가 혀를 차며 고개를 돌렸다. 그 모습에 장권호는 정영을 바라보았다. 정영은 그저 좋은지 얼굴만 붉히고 있었다.

"오랜만에 이렇게 함께 앉았는데 별소리를 다 하는군. 그것보다 시간이 남으면 나와서 일 좀 돕든가 제자들이라도 가르치든가 하게나."

정영의 말에 유송희가 불현듯 눈을 부릅뜨며 말했다.

"맞아. 사형도 애들 좀 가르치세요. 아직 많지는 않지만 사형이 가르치면 훨씬 좋아질 거 아니에요!"

"알다시피 나는 스승님의 뒤를 따를 생각이야."

"그럼 할 수 없지만……."

유송희가 장권호의 말에 수긍하는 듯 목소리를 줄였다. 장권호의 말은 우파의 뒤를 잊겠다는 뜻이었기 때문이다. 또한 제자를 거의 받지 않겠다는 뜻도 포함되어 있었다.

"그럼 일이라도 좀 돕게. 요즘 할 일이 많아."

정영의 말에 장권호는 미소를 보이며 젓가락을 내려놓았다. 그러자 유송희가 거들었다.

　"사형이 아무것도 안 하니까 서 동생만 고생하고 있잖아요? 데려왔으면 책임을 지셔야죠? 매일 서 동생만 일하는게 불쌍하지 않아요?"

　"저는 괜찮아요. 정말 괜찮아요."

　서영아가 손을 저으며 배시시 웃자 유송희가 고개를 저었다.

　"그럴 땐 힘들다고 해야지."

　그녀의 말에 서영아가 장권호를 흘깃 쳐다보았다. 여기서 아무것도 안 하고 그저 놀고먹는 존재가 장권호였던 것은 사실이기 때문이다.

　장권호가 따가운 시선에 입을 열었다.

　"안 그래도 할 말이 있어."

　"할 말?"

　정영이 궁금한 표정을 보이자 장권호가 말했다.

　"강호로 떠날까 해."

　"……!"

　정영과 유송희의 표정이 굳었고 서영아는 예상이라도 한듯 애써 담담한 표정을 보였다.

　"떠난다고요?"

　놀란 표정으로 묻는 유송희의 말에 장권호는 고개를 끄

덕였다.

"뜬구름이라도 잡아볼까 하고."

장권호의 말에 모두 침묵했다. 정영이 곧 궁금한 표정으로 물었다.

"뜬구름을 잡는다니?"

"무적명."

장권호의 말에 유송희가 고개를 저었다.

"사형은 분명 무적명은 중원 천하 그 자체라 하셨어요. 그런데 천하를 잡으러 간다니요? 그게 무슨 말인지 저는 잘 모르겠어요."

유송희의 말에 장권호는 그녀에게 미소를 보이며 말했다.

"전에는 단순히 원한 때문에 강호에 나가 무적명을 찾았지만 지금은 원한으로 가는 게 아니란 뜻이야."

"원한이 아니라면 무적명을 찾을 필요도 없고 강호에 나갈 이유도 없잖아요. 사형이 없으면 그 빈자리가 너무 커요."

"내가 강호에 가는 이유는 원한이 아니라 내 이름을 가지고 가는 거다."

장권호의 말에 정영과 유송희의 표정이 굳어졌고 서영아의 눈빛에 차가운 기운이 맴돌다 사라졌다. 서영아는 장권호의 말이 무슨 의미인지 잘 알고 있는 듯했다.

장권호가 다시 말했다.

"무적명을 가져오마."

"……!"

모두의 표정이 굳었고 장권호는 희미한 미소를 입가에
걸었다.

*   *   *

쏴아아!

웅녀폭포의 시원한 물줄기가 떨어지고 있었다. 장권호는
그 모습을 바라보며 물에 발을 담그고 앉아 있었다. 시원
한 느낌이 발을 타고 올라와 머리를 맑게 해주는 것 같았
다. 단순히 발만 담갔을 뿐인데 전신을 적시는 듯했다.

문득 자신이 발을 담근 이곳이 강호라는 생각이 들었다.
자신은 그저 발만 담그고 있을 뿐인데 어느새 온 몸이 젖어
있었고 머릿속은 강호라는 세계에 물들어 있었다.

단순히 발만 담갔을 뿐인데 말이다.

장권호는 어린아이처럼 물장구를 몇 번 치다 웃으며 자
리에서 일어나 발을 말리고 신발을 신었다. 이곳에 온 이유
가 있기 때문에 다시 산을 올라야 했다.

어두운 백석동 안에 앉아 있는 조명도는 여전히 바위라
도 되는 듯 움직임이 없었다. 그의 고요한 숨소리만이 동부

안의 공기를 움직이고 있을 뿐이었다.

영원히 멈춘 것 같은 백석동 안의 시간이 작은 그림자 하나로 움직이기 시작했다.

"왔구나."

조명도는 눈을 뜨고 눈앞의 장권호를 바라보았다. 장권호의 표정은 전과 달리 상당히 굳어 있었고 눈빛은 흔들렸다.

조명도는 이별을 직감한 사람처럼 고개를 끄덕였다.

"다시 가려는 거구나?"

조명도의 물음에 장권호는 어렵게 입을 열었다.

"예."

장권호의 낮은 대답에 조명도는 흐릿한 미소를 입가에 걸었다. 장권호의 대답에 목에 걸려 답답하게 만들었던 음식이 넘어가는 기분을 느꼈다. 그것은 지금까지 가슴을 막고 있었던 장권호의 숙제가 풀리는 것이었기 때문이다.

이곳에 이토록 오랫동안 앉아 있었던 것도 남겨두었던 숙제들이 있었기 때문이었고 그 마지막 하나의 고리를 장권호가 풀러 온 것이다. 조명도는 그것을 알고 있었다.

"아무래도 네가 돌아올 때쯤이면 나는 이제 없겠구나."

조명도의 말에 장권호는 고개를 숙였다. 장권호도 본능으로 그것을 느끼고 있었다. 그렇기 때문에 떠난다는 말을 차마 입 밖에 내지 못하고 있었던 것이다. 입 밖으로 떠난다고 꺼내면 정말 영영 못 볼 것만 같았기 때문이다.

조명도가 다시 말했다.

"아무래도 나는 네가 떠나는 것을 보기 위해 아직까지 눈을 뜨고 있었던 모양이구나."

장권호는 아무런 대답을 하지 못하였다. 그저 고개만 숙였고 그의 눈동자가 붉게 충혈되었다. 조명도가 손을 뻗어 장권호의 머리를 쓰다듬었다. 그의 앙상하게 마른 손의 느낌이 머리를 타고 전해지자 장권호는 저도 모르게 전신을 떨었다.

앙상하게 마른 그 손은 늘 자신을 보듬어주던 손이었기 때문이다. 장권호는 한참 동안 그 자리에 그렇게 앉아 있었다.

이른 아침, 방으로 들어온 유송희의 손에는 밥상이 들려 있었다. 그녀는 한쪽에 밥상을 내려놓고 장권호를 흔들어 깨웠다.

"식사하세요."

장권호는 눈을 비비며 일어나 유송희가 차려준 밥상 앞에 앉았다. 향긋한 된장국 냄새가 코를 자극하자 장권호는 졸린 눈을 번뜩였다.

"오랜만이구나."

숟가락으로 국을 떠먹은 장권호의 눈이 절로 크게 벌어

지며 웃음을 보였다.

"좋구나."

장권호는 연신 칭찬하며 밥을 퍼먹었다. 그 모습에 유송희는 기분 좋은 얼굴로 가만히 앉아 장권호의 모습을 물끄러미 바라보았다.

"사형은 제가 시집을 가면 기뻐할 건가요?"

갑작스러운 그녀의 물음에 장권호는 잠시 밥을 퍼먹던 수저를 멈추고 말했다.

"기쁘면서도 슬프겠지."

유송희는 미소를 지었다.

"왜 그러느냐?"

"청혼을 받아서요."

유송희의 말에 장권호는 조금 놀란 표정을 지었다. 하지만 상대가 누구인지는 짐작을 했기에 미소를 보였다.

"드디어 네게 고백을 한 모양이군."

"누군지 알아요?"

"정영뿐이지. 그놈밖에 더 있겠니?"

장권호의 말에 유송희는 미소를 보였다. 정확하게 맞추었기 때문이다. 장권호는 이어 말했다.

"그놈이라면 기쁘겠지…… 나보다 더 너를 사랑하는 놈이니까."

장권호의 말에 유송희는 시원섭섭한 기분이 들었지만 표

현하지는 않았다.

"알고 있어요."

장권호는 유송희의 어깨를 두드려주었다. 그러자 유송희
가 다시 말했다.

"오늘 아니면 말할 기회가 없을 것 같아 물은 거예요. 강
호로 떠나면 한동안 못 볼 테니까."

"그래."

장권호는 가만히 고개를 끄덕이며 남은 밥을 털어 넣었
다. 그렇게 깨끗하게 밥그릇을 비운 장권호가 유송희에게
말했다.

"네가 있으니 마음을 놓을 수가 있겠구나."

"칫!"

장권호의 말에 유송희는 밥상을 들고 혀를 내밀며 밖으
로 나갔다. 그녀가 나가자 장권호는 깊은 한숨을 내쉬며
일어나 밖으로 나갔다. 그러자 마루에 앉아 있던 정영이 그
를 발견하고 일어섰다.

"아침부터 다 모였군."

장권호의 말에 정영은 조금은 쑥스러운 표정을 지으며
다가왔다.

"잘 잤어?"

정영의 말에 장권호가 그의 어깨를 잡으며 말했다.

"울리면 알지?"

장권호의 말이 무슨 뜻인지 잘 알기에 정영은 얼굴을 붉혔다.

"나는 씻고 오지."

"그래. 그렇게 해."

정영이 얼른 씻고 오라는 듯 말하자 장권호는 다시 한 번 정영의 어깨를 두드리고 뒤뜰에 있는 우물가로 갔다.

깨끗한 갈색 무복을 입은 장권호는 집 앞에 봇짐 하나를 들고 서 있는 서영아를 바라보았다. 그녀는 장권호가 나타나자 밝은 미소를 보였다.

"너도 가려고?"

장권호가 묻자 서영아는 당연하다는 듯 고개를 끄덕였다.

"저는 그림자잖아요? 당연히 가야지요. 그럼 혼자 가려 했어요?"

*   *   *

한 달 넘게 장권호와 함께 북경까지 도보로 걸어온 서영 아는 기분이 상당히 좋았다. 마치 단둘이 강호를 유람하는 기분이 들었기 때문이다. 그녀도 다른 사람들과 마찬가지로 좋아하는 사람과 강호를 유람하고 싶다는 꿈을 가지고 있었기에 기분이 좋았던 것이다.

비록 장권호가 말을 많이 하지 않아 대화가 적었지만 그 시간도 상당히 즐겁고 재미있었다.

성문을 지날 때 관군의 검문을 받으며 들어온 두 사람은 다른 도시에 비해 치안이 잘되어 있다고 생각했다. 황도이니 당연히 치안이 좋을 수밖에 없지만 말이다.

또한 고관대작들이 많이 살았기에 관원들의 모습이 자주 보였다.

서영아로서는 처음 오는 북경이었기에 상당히 호기심 어린 시선으로 주변을 둘러보고 있었다. 장권호는 두 번째 오는데도 여전히 처음 온 것처럼 어색했다.

눈에 보이는 객잔에 방을 잡고 들어간 두 사람은 짐을 풀고 오랜만에 푹 쉬었다. 충분히 휴식을 취한 후 북경성 안을 돌아다니며 이것저것 볼거리를 구경했다. 그 모습이 영락없이 유람을 즐기는 연인 같았다.

한적한 공원을 걷던 장권호는 아까부터 따라오던 시선에 잠시 걸음을 멈추었다. 옆에 있던 서영아도 장권호가 걸음을 멈추자 함께 멈추었다.

그러자 뒤에서 따라오던 짧은 막대기 하나를 손에 쥔 거지 한 명이 느릿하게 다가와 장권호를 지나가더니 갑자기 삼 보 앞에서 신형을 돌렸다.

지저분한 모습의 거지는 젊은 청년이었고 웃고 있는 얼

굴과 눈빛엔 장난기가 가득 차 있었다. 씻지 않은 얼굴이지만, 얼굴로 보건대 나이는 이십 대 초반이 분명했다.

"어디선가 본 얼굴인데 기억이 안 나네."

거지는 장권호의 얼굴을 살피며 고개를 갸웃거리고 있었다. 거지는 손에 든 막대기를 어깨에 걸치며 미간을 찌푸렸다. 그는 다시 한 번 눈을 흘겨 장권호를 쳐다보았다.

"우리 어디서 만난 적 없나?"

"처음 보는군."

거지의 물음에 장권호가 고개를 저었다. 단 한 번도 본적이 없는 얼굴이었기 때문에 실제 누군지 장권호도 궁금했다.

"실례했군."

거지가 장권호의 대답에 웃으며 말하더니 신형을 돌렸다. 자신이 아는 사람이 아니라면 더 이상 볼일이 없기 때문이다. 하지만 거지는 몇 발자국 안 가 다시 신형을 돌려 장권호의 앞을 막았다.

"생각을 해보니 사해가 동도라 하지 않는가? 이렇게 만난 것도 인연이니 통성명이나 합시다. 소정명이라 하오."

"장권호라 하네."

소정명의 말에 장권호가 대답하자 소정명의 시선이 서영아에게 향했다. 장권호를 보던 시선과 서영아를 향한 시선이 전혀 다른 소정명이었다.

"소저는 성함이 어떻게 되시오?"

슥!

서영아가 장권호 뒤로 모습을 감추었다. 대답하지 않겠다는 무언의 시위였고 소정명은 그런 서영아를 찾으려는 듯 고개를 내밀었다.

"이렇게 만난 것도 인연인데 함께 식사라도 합시다. 요 앞에 좋은 곳이 있는데 거기 오리고기가 맛있으니 분명 만족할 것이오. 자 갑시다."

소정명이 말을 마치고 몸을 돌려 먼저 걸음을 옮기자 장권호는 본능적으로 한 걸음 내디뎠다. 그러자 서영아가 장권호의 소매를 잡았다.

"고전적이네요."

서영아의 말에 정신을 차린 장권호는 자신이 그에게 잠시 넘어갔다는 사실을 알았다. 장권호가 걸음을 멈추자 소정명이 다시 신형을 돌렸다.

"왜 그러는가? 어서 가자니까?"

"미안하지만 배가 안 고프군."

장권호의 말에 소정명은 아쉽다는 표정으로 고개를 끄덕였다.

"그렇다면 어쩔 수 없지. 다음에 보세."

소정명은 미련 없이 몸을 돌려 걸음을 옮겼다. 몇 걸음 옮기던 그는 선한 인상의 연인을 발견하자 재빨리 그리로 향했다. 그 모습에 서영아가 다시 말했다.

"순진한 사람이라면 분명 밥 한 끼 사줄 것 같네요."

"그렇겠지."

장권호는 소정명이 자신에게 했던 말을 그대로 하면서 연인 한 쌍과 함께 식당으로 걸어가는 모습을 보며 눈을 크게 떴다.

"정말 착한 사람들이군요."

"세상엔 착한 사람들이 많지. 거지들도 어떻게 보면 착한 사람들의 마음을 얻어가는 장사꾼이라고 봐야겠지?"

"확실히 틀린 말은 아니에요."

서영아는 장권호의 말에 동의하듯 고개를 끄덕였다. 적선을 하는 것도 어떻게 보면 갈취당하는 일이기 때문이다. 물론 보는 시각에 따라 다르겠지만 사람의 마음을 이용하는 일은 옳게 보이지 않았다. 단지 사파와 다른 게 있다면 강요하지 않는다는 것 정도이다.

"소정명……."

"아는 이름이야?"

장권호가 묻자 서영아는 미미하게 고개를 끄덕였다. 생각을 해보니 아는 이름이었기 때문이다.

"다섯 명의 개방 소방주 중 한 명이에요. 차기 방주를 노리는 인물이죠."

"대단한 친구군."

장권호는 서영아의 말에 미소를 보였다. 말을 걸며 다가온 소정명은 분명 상당한 기도를 가지고 있는 인물이었기 때문이다.

사실 소정명의 접근이 의도적인 것 아닌가 하는 의심도 했다. 그렇기 때문에 서영아가 어느 정도 경계를 한 것이다.

공원을 한 바퀴 돌고 나온 장권호와 서영아는 공원 입구에 십여 명의 거지들이 몰려 있는 모습을 보고 멀리 돌아갔다.

"저렇게 모여 있으니 거지라도 무섭군."

"지나가는 사람들에게 위협이 되겠는데요."

장권호와 서영아는 거지들을 피해 나오는 사람들의 모습을 보며 대화했다. 몇 걸음 옮기던 둘은 뒤에서 천천히 따라오는 거지들의 모습에 살짝 미간을 찌푸렸다.

"우리를 따라오나 봐요."

"우리가 아닐 수도 있지."

장권호의 말에 서영아가 다시 말했다.

"그렇게 보기에는 너무 노골적으로 따라오는데요?"

"그렇군."

장권호는 슬쩍 고개를 돌려 보았다. 그러자 거지들이 딴청을 부리며 시선을 피했고 장권호가 다시 걸음을 옮기자 조심스럽게 그 뒤를 따라왔다.

"개방의 거지치곤 너무 조심성이 없는데요?"

서영아가 대놓고 따라오는 거지들의 모습이 재미있다는 표정으로 말했다.

많은 사람 사이로 거리를 걷던 장권호와 서영아는 냇물이 흐르는 다리 위로 올라와 몇 걸음 옮기다 잠시 멈췄다. 맞은편에 거지들이 보였기 때문이다.

다섯 명의 거지가 다리 중앙에 마치 자기들의 집인 것처럼 편안히 앉거나 누워 있었다.

지나가는 사람들의 통행을 방해하며 다리를 막고 있으니 걸음을 옮길 수가 없었다. 고개를 돌리던 장권호는 뒤에서 따라오던 거지들이 다리를 막고 서 있자 눈을 반짝였다. 의도적으로 막은 것이 분명했기 때문이다.

"월금교(月金橋)는 우리가 접수했소. 지나가고 싶으면 돈을 내시구려."

거지 중 가장 나이가 있어 보이는 자가 중앙에 서서 웃으며 말하자 장권호보다 먼저 서영아가 한 발 나섰다.

"다리를 막고 지나가려면 돈을 내라 하다니 이 무슨 짓인가요?"

말은 차갑게 했지만 서영아의 표정은 그렇게 나쁘지 않았다. 아니, 오히려 재미있는 구경이라도 하는 듯 눈이 웃고 있었다.

보기에도 예뻐 보이는 서영아가 눈웃음까지 쳐가며 묻자 거지들의 얼굴에 화색이 돌더니 서로 좋다고 껄껄거렸다.

"사실은 소저, 우리 대장이 시켜서 그런 것이니 이해하시구려."

중년거지가 대답하자 서영아는 다시 물었다.

"그 대장이 누구인지 궁금하군요?"

서영아의 말에 작은 막대기를 어깨에 걸친 젊은 거지가 그들의 머리를 뛰어넘어 다리 위에 나타났다.

"나요."

그 거지는 소정명이었다. 소정명은 방금 식사를 마치고 왔는지 입술 사이로 이쑤시개를 물고 있었다.

"어이쿠! 이런 곳에서 다시 만났군그래. 보아하니 어려움에 처한 것 같은데 내가 도움을 줄 수도 있어."

소정명의 말에 서영아나 장권호는 조금 황당하면서도 재미있다는 표정을 보였다. 서영아가 말했다.

"당신의 도움은 필요 없어요. 왜 저희 앞을 막았는지 그 이유가 궁금하네요. 보아하니 모두 일행으로 보이는데요?"

"소저도 참, 오해라오. 내가 저런 상거지같이 보이시오? 이래 보여도 꽤 기품 있는 거지라오. 일부러 내가 이들을 시켜 다리를 막았다고 생각하시오?"

허리에 손을 얹고 말하는 그의 표정은 자신감에 가득 차 있었다. 정말 자신은 다른 거지와 다르다고 생각하는 듯했다. 물론 서영아의 눈에는 다 거기서 거기였다. 그녀는 거지는 다 똑같다고 생각했기에 웃으며 말했다.

"쓸데없는 말이 많군요? 왜 길을 막았는지 그 이유를 알려주세요."

서영아의 물음에 소정명은 가볍게 미소를 보이며 입술 사이에 끼고 있던 이쑤시개를 왼손으로 잡으며 말했다.

"생각을 해보니까 이대로 헤어지는 것은 너무 아쉽고 서운할 것 같아서 그랬소."

소정명은 말을 하며 이쑤시개를 이리저리 돌려 보았다. 그의 시선은 장권호나 서영아에게 향하지 않았고 관심도 없어 보였다. 그의 그런 행동에 장권호는 가볍게 미소를 보이더니 한 발 나서며 말했다.

"우리는 서운할 게 없으니 이만 가지."

팟!

단 한 번 도약으로 오 장여를 날아 거지들의 머리를 뛰어넘은 장권호의 모습에 그 주변에 모여들었던 사람들이 저마다 놀란 표정으로 감탄사를 연발했다.

"와아!"

"오오!"

거지들이 다리를 막고 있으니 당연히 그 주변으로 사람들이 모일 수밖에 없었다. 그들은 장권호의 경공을 직접 눈으로 보고 놀라워했다. 그리고 무림인이란 사실에 더욱더 많은 사람이 모여들었다.

"저도 볼일이 없군요."

서영아도 장권호의 뒤를 따라 가볍게 발을 움직였다. 그러자 그녀도 오 장여의 공간을 넘어 장권호의 옆에 내려섰다. 그 모습에 또다시 사람들의 환호성이 터져 나왔다.

"대단하다!"

"와아!"

서영아까지 오 장의 공간을 넘자 소정명의 표정은 굳어졌다. 장권호와 함께 있는 서영아의 무공이 대단하다는 것을 지금에서야 깨달았기 때문이다.

그녀의 존재는 그리 대단해 보이지 않았었다. 자신도 느끼지 못할 만큼 말이다. 그런데 오 장을, 그것도 제자리에서 단 한 번의 도약으로 뛰어넘은 그녀의 실력에 소정명은 저도 모르게 마른침을 삼켰다.

장권호와 서영아는 마치 아무 일도 없었다는 듯 사람들 사이로 천천히 걸음을 옮겼고 그 모습에 놀란 거지들이 저마다 커진 입을 다물어야 했다.

"하하하하!"

소정명은 둘의 모습에 크게 웃음을 터트렸다. 자신이 한 방 맞은 기분이 들었기 때문이다.

그들이 지나간 후 소정명의 주변으로 거지들이 모여들었다. 소정명은 고개를 끄덕이고 장권호의 뒤를 따라 빠르게 걸었다.

장권호와 서영아는 객잔 앞까지 거지들이 따라오자 인

상을 찌푸릴 수밖에 없었다. 서영아가 신형을 돌려 문 앞에 몰려있는 거지들을 바라보다 소정명에게 시선을 던졌다. 누가 보더라도 그가 이들의 우두머리로 보였기 때문이다. 물론 소방주의 위치에 있으니 당연히 이들 중 그가 최고일 것이다.

"도대체 왜 자꾸 따라오는 건가요?"

"상대를 안 해주니 상대해 줄 때까지 따라갈 수밖에 없지 않소?"

소정명이 당연하다는 표정으로 말하자 서영아가 허리에 손을 얹고는 짐짓 화난 표정을 지어 보였다. 그러자 소정명이 웃었다.

"소저의 표정을 보니 매우 기쁘구려. 아주 예쁘시오. 헤헤."

소정명의 말에 서영아는 조금 어이없다는 듯 깊은 숨을 내쉬었다. 장권호가 미소를 보이며 말했다.

"계속 따라올 텐가?"

"상대를 해준다면 그만두겠지만 그렇지 않다면 계속 따라갈 생각이오."

"재미있는 친구군."

장권호가 흥미로운 듯 눈을 반짝이자 소정명이 미소를 보였다.

"내일 아침에 남문 밖에 나오면 이놈들이 기다리고 있을 것이오. 이놈들과 함께 오면 더 이상 귀찮게 하는 일도 없을 것이오."

"거절하면?"

"오늘 이 객잔의 장사는 종 친 거지. 한바탕 놀아보는 것도 좋을 것 같은데……."

"우오오오!"

소정명의 말에 거지들이 크게 소리쳤다. 그들의 외침에 놀란 객잔 주인이 밖으로 나오다 소정명과 거지들을 발견하고 질겁하며 물러섰다.

"아이고! 이런 망할 놈들이 오늘 장사 망치려고 왔구나."

주인의 행동을 보아선 소정명과 이들은 북경에선 상당히 유명한 거지들이 분명해 보였다. 장권호는 고개를 저으며 짧은 숨을 내쉬었다.

"그렇게 하지."

"좋은 결정이오."

소정명이 웃으며 고개를 끄덕이자 수하들도 고개를 끄덕였다. 그들의 행동에 서영아는 다시 한 번 깊은 숨을 내쉬었다.

"그럼 내일 봅시다."

"그냥 따라가면 되는 건가?"

"물론이오."

소정명은 대답과 함께 거지들을 데리고 빠르게 사라졌

다. 그 모습을 지켜보던 장권호는 이내 서영아와 함께 객실로 들어갔다.

방 안에 들어와 저녁을 시킨 뒤 의자에 앉은 서영아가 침상에 걸터앉은 장권호를 향해 말했다.

"내일 보자고 하는 이유가 뭘까요?"

"비무라도 하자는 거겠지."

"그럴까요?"

장권호는 당연하다는 듯 고개를 끄덕였다. 서영아는 잠시 아미를 찌푸렸다.

"아무래도 오라버니의 명성과 얼굴을 아는 모양이에요."

"개방이니 모른다면 그것도 이상하지 않을까?"

"하긴 그렇겠네요. 단지 중원에 나오자마자 오라버니의 소문이 강호 전역에 퍼져나갈 것 같아 걱정이에요."

"무슨 소문?"

"오라버니가 중원에 왔다는 소문이요."

서영아의 말에 장권호는 미소를 보이며 말했다.

"내가 나타난 게 그렇게 큰일일까?"

"그럼요. 당연히 큰 사건이지요."

서영아는 당연하다는 듯 눈을 크게 뜨며 고개를 끄덕였다. 그 모습에 장권호는 손을 저었다.

"큰 사건은 무슨…… 평범한 무인 한 명이 산을 떠나온 것뿐이야. 너무 신경 쓰지 말고 쉬거라."

장권호의 말에 서영아는 고개를 끄덕였지만 조금은 걱정스러운 눈치였다. 평범한 무인으로 치부하기엔 장권호는 너무 큰 산이었기 때문이다.

이른 새벽부터 눈을 뜬 소정명은 나무판자로 대충 만들어놓은 움막 같은 집에서 나와 냇가로 향했다.

냇가는 집에서 바로 십여 보 떨어진 곳에 있었고 그는 쭈그리고 앉아 세수를 하였다. 그의 옆으로 다른 거지 한 명이 다가와 같이 세수를 하자 소정명은 고개를 들어 옆에 있는 거지를 쳐다보았다.

"이른 아침부터 웬일로 눈을 뜨셨습니까?"

"뭐 중요한 날이니 일찍 일어나게 되더군."

회색빛 머리카락의 거지가 대충 얼굴을 씻은 후 더러운 소매로 물기를 닦았다. 하지만 워낙 더러웠던 얼굴이라 물기 몇 번에 그 얼굴의 모든 때를 지울 수 없었는지 여전히 지저분한 얼굴이었다.

"방주가 되고 싶어 하는 네 마음은 잘 알겠지만 상대가 상대라야지? 네놈이 길바닥에 대자로 뻗는 모습을 상상하니 잠을 잘 수가 없더구나."

"장로님도 참 제가 왜 대자로 눕습니까? 절대 그럴 일 없습니다."

소정명은 개방의 다섯 장로 중 한 명인 최선개(最先?) 장호를 노려보았다. 자신을 무시하는 그의 말에 기분이 상했기 때문이다.

장호는 개방에서도 가장 발이 빠른 인물로 소문이 나 있는 장로로 강호에서도 손에 꼽는 경공술의 달인이었다. 그런 그가 어젯밤 장권호의 소식을 듣고 이곳 북경까지 달려온 것이다.

"그런데 정말 그놈하고 비무를 할 생각이냐?"

"물론입니다."

소정명은 굳은 표정으로 대답하며 자리에서 일어섰다. 장호도 인상을 굳히며 말했다.

"자신은 있고?"

"물론 자신은 없지요."

소정명이 당연하다는 듯 대답하자 장호가 어이없어했다.

"아니, 비무를 하겠다는 놈이 시작도 전에 자신 없다고 하면 어떻게 하냐? 자신 없으면 하지 말고."

"솔직히, 장로님이라면 이길 자신 있습니까?"

"나? 음…… 나로서도, 음…… 소문만큼 그가 고수라면 백 번 싸워도 백 번 질 텐데……."

장호는 소정명의 물음에 당황하며 수염을 쓰다듬었다. 아무리 생각해도 자신이 이길 가능성이 많아 보이지 않았기 때문이다.

장호가 안색을 바꾸며 말했다.

"어차피 나와는 싸울 일도 없는데 왜 내게 묻고 지랄이냐? 네놈이 싸울 상대인데 네놈이 조심해야지. 나는 그저 구경만 하면 그만이야. 그런데 자신도 없고 패할 것 같으면서 왜 싸우려는 것이냐?"

"그래야 방주님의 눈에 띌 게 아닙니까?"

"음……."

장호는 소정명의 말에 미미하게 고개를 끄덕였다. 이기든 지든 중요한 것은 소정명이 장권호와 비무를 했다는 사실이기 때문이다. 또한 그와 비무를 하게 되면 소정명의 명성에도 큰 도움이 될 게 분명했다.

무엇보다 강호십대고수라 불리는 괴물들과 비무를 한다는 것 자체가 대단히 큰 영광이라 할 수 있었다.

"그런데 정말 온다더냐?"

"네. 물론입니다."

"안 오면?"

"음. 그…… 그럴 리 없습니다."

소정명은 미처 생각지도 못했다는 표정으로 눈을 크게 떴다. 다시 생각해보니 장권호가 그냥 가버리면 그만이었기 때문이다. 자신과 비무 약속을 한 것도 아니었다.

"오겠지. 장백파의 장권호가 확실하다면 자기가 한 말은 지킬 테니까."

장호의 말에 소정명이 고개를 끄덕였다.

이른 아침 눈을 뜬 장권호는 소정명과의 약속대로 서영
아와 함께 남문으로 향했다.

"정말 그 거지 놈을 만나러 가실 건가요? 굳이 그런 거지
를 상대할 필요는 없다고 보는데요?"

서영아는 장권호의 실력과 명성이면 굳이 개방의 소방주
를 상대할 필요가 없다고 여겼다. 개방의 방주라면 또 모를
일이었지만 장권호에 비하면 소정명은 피라미에 불과하다
고 생각했다.

"만나러 간다고 했으니 가봐야지. 그리고 이 기회에 개방
과 인연을 맺는 것도 나쁘지 않을 것 같아."

장권호의 말이 틀린 것도 아니기에 서영아는 고개를 끄
덕였다.

장권호가 다시 말했다.

"개방과 인연을 맺으면 여러 가지로 편하지 않을까? 무
엇보다 강호 제일의 소식통이기도 하니까 말이야."

"무슨 뜻인지 알겠어요."

서영아는 장권호의 말을 들으며 개방의 정보력을 생각했
다. 자신이 생각해도 개방은 분명 천하제일의 정보통이었
다. 그 사실에는 천 년의 시간이 흘러도 변함이 없을 것이
다.

"이 기회에 개방을 좀 이용하는 것도 좋을 것 같고."

장권호는 가볍게 미소를 보였다. 그 모습에 서영아는 장권호가 무슨 생각이 있다고 여겼다.

"개방을 이용한다고요?"

서영아의 물음에 장권호는 고개만 끄덕일 뿐 대답하지는 않았다. 서영아는 도대체 무엇에 이용하는 건지 궁금했지만 묻지는 않았다. 어차피 시간이 지나면 다 알게 될 일이기 때문이다.

남문을 나오자 어제 만났던 거지들이 한쪽에 모여 잠을 자고 있었다. 누군가 다가오는 발소리에 거지들이 눈을 떴다. 그들은 장권호와 서영아의 모습을 발견하자 재빨리 일어나 인사를 하곤 길을 안내하였다.

남문을 나와 한참을 걸어가자 거산(巨山)이 보였다. 북경 사람들이 남산이라고도 부르는 산이었다. 그 입구에 허름한 가옥들이 늘어서 있었고, 앞으로 흐르는 냇가에는 꽤 많은 거지들이 모여 살고 있었다.

그곳을 지나가는 동안 서영아는 인상을 찡그리고 코를 막아야 했다. 이상한 냄새가 코를 강하게 자극했기 때문이다. 무엇보다 그녀는 뒤에서 따라오는 거지들의 수가 점점 많아진다는 것에 놀랐다.

거지촌을 지나 낮은 언덕에 오르자 꽤 넓은 잔디밭이 나타났고 그 앞에 소정명이 편안한 자세로 앉아 있었다. 그 옆에는 장호가 누워 있다가 반쯤 일어나 앉았다.

서영아는 잔디밭 주변에도 거지들이 많이 있다는 것에 다시 한 번 눈살을 찌푸렸다.

"이렇게 많은 거지를 보기는 또 처음이군요."

서영아가 낮게 말하자 장권호는 미미하게 고개만 끄덕였다. 자신도 이렇게 많은 거지를 본 것은 이번이 처음이었기 때문이다.

이곳을 둘러싼 거지들의 수만 해도 족히 삼백은 넘어 보였고, 계속해서 증가하는 것 같은 기분이 들었다.

"하하하하! 이렇게 다시 만나게 되다니 우리는 분명 인연이 있는 모양이오."

"자기가 불러놓고 인연은 무슨."

서영아가 투덜거리듯 소정명의 말에 토를 달자 소정명은 헛기침을 하며 입을 닫았다. 그러자 옆에 있던 장호가 일어나며 장권호에게 시선을 던졌다.

"자네가 장백파의 그 장권호인가?"

"그렇소. 댁은 누구시오?"

"나는 장호라 하네. 개방에서 장로라는 자리에 앉아 있지."

장호가 웃으며 말하자 장권호는 장호의 눈빛이 맑다는 것에 고개를 끄덕였다. 장호가 다시 말했다.

"장로라고 하지만 어차피 거지 무리의 장로니 감투라고 볼 수도 없는 자리지. 돈을 받는 것도 아니고 그렇다고 명예가 있는 것도 아니니 말일세."

"개방의 장로라면 충분히 명예 있는 자리라 생각해요."

서영아가 말하자 장호가 좋다는 듯 박수를 치며 크게 웃었다.

"소저의 말을 들이니 기분이 매우 좋구려. 소저는 누구시오?"

"서영아예요."

"서 소저였구려. 두 분은 무슨 관계인지 여쭈어도 되겠소?"

장호의 물음에 서영아는 빠르게 대답했다.

"저의 오라버니이자 스승님이세요."

서영아의 대답에 장호가 눈을 반짝였다. 재미있는 대답을 들었기 때문이다. 또한 장호는 서영아에게서 칼날같이 예리한 기운이 아주 미약하게 흘러나오는 것을 장호는 느끼고 있었다. 그녀는 자신의 내력을 감출 수 있는 경지까지 올라간 고수가 분명했다.

장권호는 시선을 소정명에게 던지며 물었다.

"나를 보자고 한 이유는 뭔가?"

"장 형과 한번 크게 놀아보고 싶어서 보자고 했소."

"재미있는 친구군."

"정식으로 소개하겠소. 개방의 소방주인 소정명이오."

소정명이 포권하며 말하자 장권호도 마주 포권하며 말했다.

"장백파의 장권호라 하네."

장권호의 모습에 소정명은 그가 상당히 예의 있는 사람이라고 생각했다. 장권호는 이미 강호에서 큰 명성을 쌓아 올린 대단한 고수였기에 소정명의 인사에 일일이 대꾸할 필요 없이 그저 고개만 끄덕여도 상관없었다. 하지만 장권호는 소정명을 인정한다는 듯 마주 포권하며 예의를 보여준 것이다.

"장 형의 무공을 견식하고 싶소이다."

장권호는 소정명이 강렬한 투기를 발산하며 말하자 그가 농을 하는 것이 아니란 사실을 알았다.

"오게."

장권호가 한마디 하자 소정명은 고개를 끄덕이며 그의 앞에 마주 섰다. 삼 장의 거리였지만 생각보다 가까운 거리라고 느껴질 만큼 장권호의 모습이 크게 다가왔다.

'긴장한 건가?'

막상 장권호의 앞에 서자 저도 모르게 마른침을 삼키는 소정명이었다.

장권호는 편안한 자세로 양손을 늘어뜨린 상태였다. 옆에서 보기에는 허점이 많아 보였으나, 실제로 마주 대하면 그 빈틈이 눈에 들어오지 못할 만큼 강렬한 기도를 느끼게 된다.

소정명 역시 장권호의 빈틈을 알아챌 여유가 없었다. 그저 알 수 없는 압박감만을 느끼고 있을 뿐이었다.

슥!

소정명은 자세를 낮게 잡았다. 오른손을 앞으로 쭉 뻗어 엄지와 검지, 중지만을 마치 독수리의 발톱처럼 구부렸다. 왼손 역시 마찬가지였다. 그리고 오른발을 좀 더 앞으로 내밀고 상체를 살짝 뒤로 뺐다. 그러자 그의 체중이 자연스럽게 뒷발로 이어졌다.

옆에서 보면 독수리의 발톱 같은 손 모양이었고 마치 맹수를 보는 듯한 모습이었다. 무엇보다 소정명의 기도가 먹이를 노리는 맹수처럼 사납게 요동치는 듯했고 눈빛 또한 강렬하게 반짝였다.

그 독특한 모습에 장권호의 눈빛이 흥미롭게 반짝였다. 하지만 장권호는 여전히 평온한 모습으로 서 있을 뿐이었다. 그때 서영아의 전음이 귓가에 울렸다.

『개방의 낭아권(狼牙拳)이에요.』

장권호가 슬쩍 왼손을 들어 입과 코를 가리며 소정명을 노려보았다. 번쩍거리는 눈빛에 순간적으로 소정명은 움직이려다 모든 행동을 멈춰야 했다. 너무 강렬하고 날카로운 눈빛이었기 때문이다.

"음……."

소정명이 저도 모르게 침음을 삼켰다. 하지만 사실 장권호는 그저 서영아와 전음으로 대화를 하는 중이었을 뿐이다. 손으로 입과 코를 막은 것은 전음을 한다는 사실을 감추기 위한 행동이었고.

『낭아권? 개방에 그런 권법이 있었나?』

생소한 이름에 장권호가 궁금함을 못 참고 물은 것이다. 서영아는 강호에서 활동할 당시 많은 정보를 얻었기에 개방에 대해서도 어느 정도 알고 있었다.

『개방만큼 방대한 조직을 자랑하는 문파는 강호에 없잖아요? 워낙에 사람이 많다 보니 그만큼 무공도 다양하고 종류도 많아요. 독특한 무공도 많은 편이죠. 그중에는 알려지지 않은 무공도 있고, 더러 알려져 유명한 무공들도 있어요. 낭아권은 잘 알려지지 않았지만 개방에서도 상승무공에 속하는 권법이에요.』

서영아의 말에 장권호는 문득 눈을 번뜩였다. 소정명이 막 움직이려고 했기 때문이다. 그의 어깨가 움찔거리는 찰나 강렬한 투기를 발산한 것이다. 그러자 소정명이 잠시 동작을 멈추었다. 그것은 그의 본능이 시킨 행동이었다.

장권호는 다시 한 번 소정명의 자세와 손을 보다가 그의 손가락 끝이 일반 사람들과는 달리 조금 검게 변해 있는 것을 발견했다.

『이름만큼 아픈지 봐야겠어.』

장권호는 전음을 마치자 손을 내렸고 그의 투기가 한순간에 사라졌다. 그의 귓가로 서영아의 전음이 다시 들렸다.

『방심하지는 마세요.』

서영아의 말을 들은 장권호는 그녀가 걱정해서 해준 말이라 여겼다. 그리고 그녀의 말은 무인이 지켜야 할 가장 기본적인 마음가짐이기도 했다.

소정명은 자신이 익힌 낭아권에 상당한 자신감을 가지고 있었다. 동년배의 제자들이나 후지기수들은 거의 낭아권의 삼 초식만으로도 충분히 제압할 수 있었기 때문이다. 그러다 보니 자연스럽게 더 강한 고수를 원하게 되었고, 강한 상대를 보면 마치 당연하다는 듯 비무를 청하였다.

유명한 무인들에게 비무를 청하다 보니 당연히 거절도 당하고 패하기도 했지만, 그의 실력이 높아지고 있는 것도 사실이었다. 그의 별호도 소투개(小鬪丐)였다.

소정명은 날카로운 눈빛으로 장권호의 허점을 찾기 위해 시간을 보내고 있었다. 하지만 이대로 가만히 서서 시간을 보낼 수는 없었다. 게다가 주변을 에워싼 개방도들과 장로인 장호의 시선도 의식해야 했다.

소정명은 이내 결심을 한 듯 장권호의 가슴을 노리며 발에 힘을 주었다.

"하앗!"

한 번의 기합과 함께 소정명의 신형이 호선을 그리며 낮게 날아들었다. 앞으로 뻗은 소정명의 손이 마치 입을 벌리고 먹이를 노리는 늑대의 모습처럼 보였고, 곧바로 환상처럼 그의 그림자가 사라졌다.

소정명의 눈에는 오직 장권호의 가슴만이 보였다. 손에 가슴이 닿는 순간 그의 가슴은 두부처럼 으깨질 것이 분명했다. 그 정도로 강한 파괴력을 가지고 있는 게 낭아권이고 그의 손이었다.

'좋아.'

소정명의 눈에 이채를 발했으며 그의 손이 금방이라도 장권호의 가슴에 닿을 것 같았다.

쉬악!

바람을 가르는 소리가 들렸고 날카로운 송곳니가 가슴에 박힐 것처럼 다가오자, 장권호는 소정명이 반 장까지 접근하기를 기다렸다가 망설이지 않고 오른 주먹을 늑대의 입 안으로 넣었다.

붕! 하는 바람 소리가 무겁게 울렸고 소정명은 자신의 손을 주먹으로 치려는 장권호의 행동에, 손을 좀 더 들어 주먹을 피하며 그의 목을 잡아챘다. 그리고 동시에 왼손으로 장권호의 오른팔을 낚아챘다.

그때, 팡! 소리와 함께 소정명은 눈을 부릅떠야 했다. 자신의 오른팔이 마치 만세를 부르는 듯 위로 올라갔기 때문이다. 무엇보다 몸이 살짝 허공중에 떠 있었다. 그리고 그것은 자신의 의지가 아니었다.

"……!"

소정명은 눈을 부릅뜬 채 천천히 자신의 복부로 다가오는 장권호의 왼 주먹을 바라보았다. 몸이 떠 있는 상태였기에 뒤쪽으로 체중을 실어 달아나려 했지만, 온몸이 마치 마비가 된 것처럼 허공에 멈춰버렸다.

그제야 소정명은 장권호의 오른팔이 자신의 왼팔을 잡고 있다는 사실을 알았다.

퍽!

"크윽!"

소정명은 복부에서 느껴지는 강렬한 충격에 저도 모르게 입을 크게 벌렸고 뒤로 날아갔다. 장권호가 잡았던 소정명의 팔을 놓은 것이다.

휘리리릭!

소정명은 복부의 충격을 견디며 일 장 가까이 뒤로 떠오르다 몸을 회전시켜 땅에 내려섰다. 그는 복부를 움켜잡으며 거친 숨을 몰아쉬었다.

"진짜 아프다."

소정명은 저도 모르게 인상을 찡그리며 중얼거렸다.

장권호는 소정명의 왼손 사이로 주먹을 내지르다 그의

손이 갑작스럽게 팔을 잡아채자 재빨리 손을 뒤집어 그의 팔을 잡은 것이다. 서로 팔을 잡았지만 장권호는 눈에 보이지 않을 만큼 빠른 소쾌권으로 소정명의 오른손을 왼 주먹으로 쳐냈다.

장권호의 주먹에 실린 삼쇄공의 강렬한 힘을 이기지 못하고 소저명의 신형이 떠올랐고, 장권호는 그 틈에 소정명의 전신을 주먹으로 수십 번이나 난도질할 수도 있었지만 단 일 권만 때렸다. 그것만으로도 충분하다고 판단했기 때문이다.

"쿨럭! 쿨럭!"

소정명의 기침 소리에 장권호는 가볍게 미소를 보였다. 그가 기침을 통해 내상을 견디려 했기 때문이다. 무엇보다 그의 투기는 여전했고 단 일합(一合)의 대결로는 승부가 났다고 여기지 못한 듯 보였다.

'한순간 내 몸이 아닌 것 같았어…… 보이지 않는 내가 중수법인가?'

장권호의 일 권을 분명 눈으로 보고도 피하지 못하고 그대로 맞아야 했기에 든 생각이었다. 내력이 끊어진 기분이 들었고 지금까지 한 번도 경험해보지 못한 일이었기 때문이다.

장권호의 움직임은 그렇게 빠르지도 느리지도 않았다. 눈에 안 보이는 주먹도 아니었고 피할 수 없어 보이지도 않았다.

하지만 눈에 빤히 보이는 주먹임에도 자신은 그 주먹에 맞아야 했다. 소정명은 장권호가 마음만 먹었다면 자신이 이렇게 서 있지도 못할 거라 여겼다. 장권호는 분명 자신을 봐주고 있었고 그것을 소정명도 잘 알았다.

호흡을 고른 소정명은 재빨리 자세를 잡으며 앞으로 튀어나갔다.

파파팟!

땅바닥을 빠르게 밟고 나가는 그의 주변으로 옷자락이 휘날리는 소리와 바람 소리가 어우러졌고 강한 기운을 담은 양손이 수십 개의 환영과 함께 장권호를 감쌌다.

파팟!

소맷자락이 휘날리는 소리와 함께 소정명의 양손이 번개처럼 눈앞에 나타자자 장권호는 재빨리 반보 좌전방으로 나서며 일 권을 내질렀다.

일 권에 담긴 강렬한 기운이 소정명의 손 그림자 안으로 들어갔으며 그 강한 힘에 소정명의 손 그림자가 한순간에 사라졌다.

팡!

허공을 가르는 장권호의 주먹 소리가 강하게 울려 퍼졌고 소정명은 살짝 허리를 숙여 주먹을 피하며 허리를 잡아갔다. 쉭! 하는 소리와 함께 소정명의 날카로운 손이 허리에 닿으려 하자 장권호는 팔꿈치로 소정명의 머리를 찍었다.

매우 근접한 상태였기에 소정명은 장권호의 팔꿈치가 내려오는 소리를 똑똑히 들을 수 있었고, 그 속도는 느린 편이라 피할 수가 있었다. 몸을 돌려 뒤로 물러서며 팔꿈치를 피하자 휭! 하는 소리와 함께 벼락 하나가 눈앞에 스치는 듯했다. 내려찍는 팔꿈치를 피했지만 바람을 피하지는 못했기 때문이다.

그때 휭! 하는 소리와 함께 어느새 자세를 바꾼 장권호의 일 권이 안면으로 날아들었다. 소정명은 그리 빠른 일권이 아니었기에 좌측으로 몸을 피하며 신형을 뒤집었다.

쉬아악!

순간 강렬한 바람 소리와 함께 소정명의 신형이 거꾸로 뒤집혀 돌더니, 그의 오른발이 장권호의 관자놀이를 찍어갔다. 장권호는 손바닥을 들어 발을 막았고 그 순간 소정명의 신형이 회전했다.

쐐애액! 소리와 함께 반대 발의 뒤꿈치는 마치 도끼처럼 장권호의 옆얼굴을 내리찍었다.

소정명은 장권호가 분명 피하지 못할 거라 여겼는지 눈빛이 차갑게 번들거렸다. 처음의 발차기는 허초였고 두 번째 찍기가 진초였기 때문이다. 그의 특기인 쌍아각(雙牙脚)으로 웬만한 고수들도 이 초식을 받아내기 어려워했고 자신에게 승리를 안겨주는 절초였다.

"……!"

장권호는 순간적으로 느껴지는 뒤통수의 따끔함에 자세를 낮추며 앞으로 나가 소정명의 허리를 어깨로 밀쳤다. 퍽! 하는 둔탁한 소리와 함께 균형을 잃은 소정명은 침음과 함께 이 장이나 날아가 바닥을 굴러야 했다.

"아이고오!"

자리에서 벌떡 일어선 소정명은 허리를 부여잡으며 인상을 찡그렸다. 살면서 자신의 쌍아각이 이렇게 쉽게, 그것도 공격까지 당하며 격파당할 줄은 상상도 못했기에 소정명은 매우 놀랐다.

무엇보다 주변을 에워싼 거지들이 그 모습을 분명히 봤을 것이고 다음부터 쌍아각을 펼칠 때 실력 있는 놈들은 분명 장권호를 따라할 것이 분명했다.

툭! 툭!

옷에 묻은 먼지를 털며 장권호에게 시선을 던진 소정명은 잠시 장권호를 노려보다 곧 포권하며 허리를 숙였다.

"상대해주셔서 감사하오."

승부를 포기하는 소정명의 모습에 장권호는 마주 인사하며 말했다.

"좋은 시간이었소."

장권호의 말에 소정명은 애써 태연한 표정을 보였으나

너무 손쉽게 당했기에 아쉬움이 많았다. 하지만 더 이상 싸워봤자 무의미하다는 사실을 알았기에 그만둔 것이다.

자신의 패배를 인정하기 싫지만 장권호를 보고 있으면 무엇을 어떻게 해야 할지 아무것도 떠오르지 않았다. 그저 막막했고 눈앞에 사방이 막힌, 절대 뚫리지 않을 벽이 서 있는 기분이었다. 이런 기분을 느끼는 것도 처음이었다.

"이렇게 허무하게 패하는 것은 처음이오."

소정명은 짧은 숨을 내쉬며 솔직하게 말했다. 장권호는 소정명의 말에 그저 미소만 보일 뿐이었다. 그러자 소정명이 다시 말했다.

"처음부터 상대가 아니었던 것 같소. 장 형을 상대할 수 있을지도 모른다고 잠시 착각을 한 모양이오."

소정명은 긴 숨을 내뱉은 후 곧 표정을 바꾸며 말했다.

"소문을 듣자니 장백산에 들어간 것으로 아는데 강호에 나온 특별한 이유라도 있소이까?"

"물론이오."

장권호가 고개를 끄덕이자 소정명의 눈이 반짝였고 그 주변에 늘어선 거지들의 눈도 빛나기 시작했다. 장호 역시 호기심 어린 눈빛으로 장권호를 쳐다보았다.

"강호에 다시 나온 이유가 무엇이오?"

소정명이 궁금한 얼굴로 묻자 장권호는 미소를 보이며 대답했다.

"무적이란 이름을 가져가려고 왔소."

"……!"

"헉!"

제2장

그가 오다

　북경에서 시작된 장권호의 소문은 삽시간에 천지사방으로 퍼져나갔다. 장권호가 개방도들 앞에서 한 말이 순식간에 퍼진 것이다.

　장권호의 도전적인 말로 인해 천하는 그의 행보를 주목하기 시작했다.

　쏴아아아!

　빗방울이 굵게 떨어지는 흐린 하늘 아래 크게 자리 잡은 대전 안은 조용했고 사람의 숨소리조차 들리지 않았다. 아니, 중앙에 가부좌를 하고 앉아 있는 인영의 호흡 소리가 내리는 빗소리에 섞여 들리지 않은 것이다.

청석 바닥에 앉아 있는 인영은 여자인 듯 길게 흘러내린 머리카락이 바닥을 덮고 있었으며 아주 오랫동안 앉아 있었던 듯 그녀의 어깨에 먼지가 살짝 앉아 있었다. 머리 꼭대기에도 살짝 앉은 먼지가 있었다.

끼이익!

언제고 닫혀 있을 것만 같은 문이 열리고 발걸음 소리와 치맛자락이 바닥을 끄는 소리가 조용히 실내에 울렸다.

조용히 눈을 감고 있던 그녀는 발소리가 삼 장 정도 접근하다 멈춰 서자 살며시 눈을 떴다. 그녀의 맑은 눈동자에 기광이 서렸고 눈앞에 보이는 인물을 달가워하지 않는 듯 날카로운 기도를 내뿜고 있었다.

"제가 스스로 나가기 전까지 오지 말라고 했을 텐데요?"

그녀의 말에 취색 궁장의를 입은 화려한 복장의 이십 대 초반의 미녀가 붉은 입술에 미소를 보이며 말했다.

"그가 나타났다."

"누구요?"

"장권호."

앉아 있던 추소령의 눈빛이 차갑게 반짝였다. 서 있던 추소려는 그녀의 반응에 다시 한 번 미소를 보였다.

"분명히 나타났다고 하셨지요?"

"그래."

슈아아악!

순간 강렬한 살기와 함께 강한 바람이 추소령의 전신에서 흘러나와 퍼져나갔다. 청석 바닥에 쌓인 먼지가 피어오르자 추소려가 손을 뻗었다.

쾅! 쾅!

큰 소리와 함께 대전의 좌우에 있던 문들이 열렸다. 장풍(掌風)으로 문을 부수지 않고 열었다는 것은 그만큼 내력을 잘 다룬다는 뜻이었다. 그녀의 실력이 전에 비해 상당히 높아진 게 분명했다.

문이 열리자 빗소리와 함께 흐릿한 빛 무리가 안으로 들어왔다. 습기에 찬 공기가 방 안을 맴돌기 시작하자 추소령은 자리에서 천천히 일어섰다. 추소려가 물었다.

"어떻게 할 거지?"

"복수를 해야지요."

추소령은 차갑게 말하며 신형을 돌렸다. 그녀는 천천히 걸음을 옮기며 다시 말했다.

"오랜만에 목욕이나 해야겠어요."

"이길 수 있겠어?"

추소려의 물음에 추소령은 낮은 목소리로 대답했다.

"제가 죽든가…… 아니면 그자가 죽겠지요. 둘 중 하나이지 않겠어요?"

추소령의 말에 추소려는 미미하게 고개를 끄덕였다.

"기대하지."

"언니도 같이 갈 거지요?"

"그래야지."

추소려는 당연한 걸 왜 묻냐는 듯 대답했다. 추소려의 대답에 추소령은 고개를 끄덕이며 밖으로 나갔다.

*　　　*　　　*

타타닥!

빠르게 움직이는 발소리와 함께 긴 회랑을 지나가는 청년은 상당히 굳은 표정으로 움직이고 있었다.

"공천자 님, 양청입니다."

"들어와."

양청은 문을 열고 들어가 공천자의 앞에 앉았다. 공천자는 양청이 급한 걸음으로 온 것을 알기에 물었다.

"무슨 일이지?"

"북경에 장권호가 나타났다고 합니다."

"다시 중원에 온 모양이군."

공천자는 고개를 끄덕이며 대수롭지 않게 여겼다. 이미 신검록을 회수했고, 천주의 명으로 장권호를 적대하던 마음을 접었기 때문이다.

아직 자신의 힘으로 천주를 능가하기 어렵다는 것을 알았기에 잠시 숨을 고르는 중이었다.

또한 다른 어떤 일보다 급한 일이 신검록의 내용을 해석하는 일이었다. 지금 그에게 다른 일은 중요하지 않았다.

"그런데 그 일 때문에 그리 급하게 온 건가?"

"예. 문제가 있기 때문에 그렇습니다."

"무슨 문제?"

공천자가 여전히 스스로 만든 해석본만 이리저리 살피며 묻자 양청은 조금은 날카로운 목소리로 대답했다.

"장권호가 무적명의 이름을 가져가기 위해서 왔다고 합니다."

"......?"

공천자가 양청의 말에 시선을 돌려 그의 얼굴을 쳐다보았다. 공천자의 표정은 조금 굳어 있었고 뭔가 잘못 들은 듯 보였다.

"다시 말해봐."

"무적명의 이름을 장백산으로 가져가기 위해 나왔다고 했습니다."

"허!"

공천자는 어이없다는 듯 눈을 크게 뜨더니 자리에서 일어났다. 곧 그는 창밖으로 시선을 던지며 차갑게 눈을 반짝였다. 양청의 말은 그저 가볍게 지나갈 말이 아니었으며 천하를 얻어 가겠다는 뜻과 같은 말이었다. 당연히 심각하게 받아들여야 했다.

"그게 사실이냐?"

"그렇습니다."

양청이 다시 대답하자 공천자는 도저히 믿기 어렵다는 표정으로 다시 물었다.

"거짓은 아니겠지? 그 말은 어디서 나온 것이냐?"

"개방에서 나온 정보이고, 북경에서 장권호를 만난 개방의 소방주가 직접 들은 말이라고 했습니다. 장권호가 강호에 나온 목적은 무적명이라 하였습니다."

"음......."

공천자는 침음을 흘리며 대책을 마련해야 할지도 모른다고 생각했다. 장권호의 무공은 소문보다 훨씬 대단하고 뛰어나기 때문이다. 무엇보다 그가 마음먹고 무적명을 목표로 나왔다는 것은 그만큼 자신이 있다는 뜻일 것이다.

장권호와 무적명의 싸움은 천하를 논하는 싸움이기도 했다. 단순히 그들만의 싸움이 아니라 변방무림과 중원의 싸움인 것이다.

장권호가 무적명을 가져가겠다는 소리는 누가 천하제일인지 가리자는 뜻처럼 들려왔다.

공천자는 어금니를 깨물며 말했다.

"장권호의 소재를 파악하고 그의 행보에 주목하도록."

"알겠습니다."

양청의 대답에 공천자는 다시 말했다.

"천주님은 어디에 계시느냐?"

"용봉도(龍鳳島)에서 쉬고 계십니다."

"사람을 보내 알리고 모셔 오거라."

"알겠습니다."

"그리고 무천자와 정천자도 모셔 오거라. 이 일은 쉽게 넘길 일이 아니다. 아무래도 장권호가 천하를 노리는 모양이다."

양청은 자신도 공천자와 같은 생각이기에 눈을 반짝였다.

"가보거라."

양청은 공천자의 말에 고개를 숙인 후 빠른 걸음으로 밖으로 나갔다. 그가 나가자 공천자는 굳은 표정으로 중얼거렸다.

"북풍이 심하게 불겠군."

         *   *   *

장권호는 황하를 건너 개봉성에 들어와 감회가 새롭다는 표정으로 성 주변을 둘러보았다. 그의 옆에는 서영아가 있었으며 그녀 역시 감회가 새로운 표정으로 개봉성을 둘러보았다.

"풍운회에서 우리를 반기지는 않을 것 같아요."

"당연히 그러겠지."

장권호는 당연하다는 듯 대답했다. 이곳에 온 목적이 풍운회였고 풍운회주와의 비무였기 때문이다. 또한 풍운회와는 풀어야 할 숙제도 있었다.

남문을 지나 쭉 걷던 장권호와 서영아는 저 멀리 풍운회의 높은 지붕들과 담장이 보이자 좀 더 빠르게 걸음을 옮기기 시작했다.

풍운회의 정문에 도착한 장권호와 서영아는 정문에서 멈춰 섰다. 정문을 경비하던 수문위사들이 길을 막은 것도 있지만 보통 들어갈 때는 방명록을 작성해야 했고 목적도 적어야 했다.

조장으로 보이는 젊은 무사가 정문 옆에 서서 방명록을 펼치며 물었다.

"어디서 온 누구인지 밝혀주시오."

그의 물음에 장권호는 빠르게 대답했다.

"장백파에서 온 장권호라 하고 풍운회주와 비무하기 위해서 왔네."

"……!"

장권호의 말에 젊은 무사가 놀란 표정으로 눈을 크게 떴으며 장권호를 살펴보았다. 그러다 곧 옆에 있는 경비무사들에게 말했다.

"빨리 안에 알려라!"

크게 소리친 그는 장권호를 향해 시선을 던지며 다시 말했다.

"안으로 안내를 바로 해드려야 하나 순서가 있기 때문에 그런 것이니 양해를 바랍니다."

무사의 말에 장권호는 손을 저으며 말했다.

"신경 쓰지 마시게."

장권호의 말에 무사는 공손히 고개를 숙였다. 그러다 생각난 표정으로 물었다.

"그런데 장 대협."

"왜 그러시오?"

"소문을 들어서 그러는데 정말 무적명을 이기기 위해 장백파를 나온 것입니까?"

"물론이오."

장권호의 대답에 무사는 감탄한 듯 장권호를 다시 쳐다보았다. 곧 우르르! 하는 급한 발소리와 함께 십여 명의 무사가 정문으로 나타났다. 그 중앙에는 총관인 자청운이 직접 모습을 보였다. 그 외에도 만난 기억이 있는 사대당의 당주들과 젊은 무사들이 보였다.

"어서 오시오, 장 대협. 이렇게 만나 뵙게 되어 반갑소이다."

"오랜만이오, 자 총관."

장권호도 포권하며 자청운에게 인사했고 자청운이 한 팔

을 벌리며 자리를 안내하기 위해 몸을 돌렸다.

"이렇게 있을 게 아니라 안으로 가지요."

"아니오. 오늘은 이걸 전하기 위해 왔으니 안으로 들어
가지는 않겠소."

말과 함께 장권호는 품에서 서찰을 꺼내 자청운의 앞으
로 내밀었다. 그러자 자청운이 받으며 물었다.

"이것이 무엇이오?"

"비무첩(比武牒)이오."

"……!"

자청운을 비롯한 풍운회의 간부들과 무사들의 표정이
굳어졌다. 장권호는 미소를 보이며 다시 말했다.

"너무 놀라지 마시오. 풍운회주와 겨루고 싶은 것뿐이니
말이오. 그럼 날짜에 맞추어서 오겠소이다."

장권호가 할 말을 마친 듯 신형을 돌리자 자청운이 놀란
얼굴로 손을 뻗었다.

"장 대협."

장권호가 고개를 돌리자 자청운이 상당히 놀란 얼굴로
물었다.

"진정 비무를 원하는 것이오?"

"물론이오."

장권호는 당연하다는 듯 고개를 끄덕이자 자청운은 곧
표정을 굳히며 말했다.

"회주님께서 거절한다 해도 서운해하지 마시오."

자청운의 말에 장권호는 미소를 보이며 대답했다.

"거절은 없을 것이오."

장권호는 곧 걸음을 옮겼고 그 뒤로 서영아가 빠르게 따라갔다. 그 모습을 보던 자청운의 표정은 굳어지고 눈에서 사나운 기운이 흘러나오기 시작했다.

작은 회의실의 안에 있는 태사의에는 풍운회주인 조천천이 앉아 있었고 그 옆에는 자청운과 사대당의 총당주가 앉아 있었다. 그리고 장로 두 명이 뒤쪽에 앉아 있었는데 모두의 표정이 굳어 있었다.

"재미있군."

조천천은 탁자 위에 있는 비무첩을 바라보며 중얼거렸다. 그의 눈빛은 차갑게 번들거렸으며 어깨 너머로 투기가 아지랑이처럼 흘러나오고 있었다.

장권호의 도전이 마음에 들었기 때문일까? 조천천은 분명 자신도 모르게 흥분하고 있었고 그것을 둘러앉은 사 인 모두 은연중에 느꼈다.

그 사실을 알면서도 자청운은 자신의 생각을 말해야 했다.

"솔직히 말씀드리면, 회주님께서 얻을 게 없는 비무입니다. 그러니 거절하셔야 합니다."

자청운의 말에 조천천의 눈썹이 꿈틀거리며 움직였다. 자신의 가슴은 이 비무를 기대하고 있었기 때문이다. 하지만 이성적인 머리를 지닌 자청운의 말에 부정할 수도 없었다. 그의 말이 틀린 말은 아니었기 때문이다.

자신도 잘 알고 있었다.

얻는 것보다 잃을 게 많은 비무가 분명했다. 자청운의 말은 가슴은 화를 내겠지만 머리는 이해해야 하는 말이었다. 상반된 기분이 그의 얼굴을 스치고 지나갔다.

"얻을 게 없는 비무는 맞겠지."

풍운회의 장로인 소소대안(笑笑大眼) 강청도가 중얼거렸다. 그는 별호만큼이나 평소 표정도 웃는 모습으로 보이는 눈이 큰 인물이었다. 그의 말에 조천천도 미미하게 고개를 끄덕였다.

"장권호는 과거 귀문주도 능가했던 인물이네. 설혹 이긴다 해도 상처가 크겠지…… 진다면 풍운회의 명성은 당연히 떨어질 테고."

강청도가 다시 말하자 모두 고개를 끄덕이며 동의했다. 지면 풍운회의 명성에 누가 되는 것은 당연한 일이었다.

무엇보다 장권호가 장백파의 이름을 걸고 나타났기 때문에, 개인 대 개인의 대결이 아니라 변방의 작은 문파와 풍운회가 겨루는 일종의 문파전이었다.

조천천은 굳은 표정으로 입술을 깨물다 짧은 숨을 내쉬

었다. 그러자 모두의 시선이 조천천에게 향했다.

"하지만……."

조천천이 낮은 목소리로 입을 열자 모두의 눈이 반짝였
다. 조천천은 뛰는 가슴을 진정시키며 입을 열었다.

"피하는 것이 과연 옳은 일이오?"

그의 물음에 좌중에 앉아 있던 사람들은 입을 열지 못하
였다. 그들도 마음으로는 피하는 것이 상책은 아니라는 사
실을 잘 알기 때문이다.

모두의 표정이 난감한 듯 보이자 조천천은 다시 입을 열
었다.

"지금 개봉에선 아니 강호에선 나와 장권호의 비무가 사
실처럼 소문이 나 있는 상태로 알고 있소. 과연 이 상황에
서 내가 피해야 하는 것이오?"

그가 다시 묻자 자청운은 침음을 삼켜야 했다. 조천천은
그들의 모습에 표정을 굳히며 다시 물었다.

"아니면 내가 질 것 같아 걱정을 하는 것이오?"

조천천의 물음에 자청운이 입을 열었다.

"회주님이 패하시는 모습은 상상도 할 수 없는 일입니
다. 단지 만에 하나의 가능성을 놓고 생각했을 때 피하시라
는 뜻입니다. 이긴다 한들 저희가 얻을 것은 없습니다. 하
지만 혹시라도 패하시면 저희는 많은 것을 잃어야 합니다."

"회주님이 개인이라면 이런 걱정도 안 할 것이오. 하나

풍운회를 이끄는 분이시니 피하라 한 것이오. 피한다 한들 욕할 사람은 많이 없을 것이오."

"피하는 것도 분명 좋은 방법이오. 하나 풍운회는 손가락질을 당할 것이오. 장로님의 말씀처럼 나 혼자라면 아무런 상관이 없다 했는데 풍운회의 회주이기 때문에 상관이 있는 것이오. 이 비무는 피할 수 없는 것 같소."

조천천의 말에 강청도가 짧은 숨을 내쉬었다. 그의 말도 틀린 게 아니었기 때문이다. 분명 이 비무를 피하면 풍운회의 명예는 땅에 떨어질 것이다. 개인이라면 피해도 상관없지만 풍운회 전체의 이름을 어깨에 짊어 진 조천천에겐 절대 피할 수 없는 일이었다.

조천천은 잠시 깊은 생각에 빠진 표정을 보였다. 그가 고민스러운 표정을 보이자 좌중은 침묵에 잠겼다. 한참의 시간이 흐른 뒤에야 고개를 든 조천천은 차가운 눈빛으로 입을 열었다.

"내가 만약 패한다면 회주 자리에서 물러나겠소."

"……!"

"회주님!"

조천천의 말에 모두들 놀란 눈으로 그를 쳐다보았다. 조천천은 그들의 시선에 다시 말했다.

"이번 비무는 내 인생에 있어서 분수령이 될지도 모르오. 솔직히 장권호와는 한번 붙어보고 싶었소이다."

그의 말에 좌중은 침묵했지만, 이제는 말릴 수 없다는 것을 알았는지 크게 반대하지 않았다. 조천천이 하겠다고 마음먹은 이상 말릴 수 없다는 것을 그들은 잘 알기 때문이다.

자청운은 조천천의 말에 그를 설득하는 일을 포기한 듯 가벼운 표정으로 말했다.

"그렇다면 이제 최대한 회주님을 돕는 게 저희의 일인 듯합니다. 이제부터는 회의 일에 신경 쓰지 마시고 비무에 집중하십시오."

"잠시 폐관하도록 하겠소."

자청운의 말에 조천천은 고개를 끄덕이며 말하고 자리에서 일어서자 모두 조천천을 따라 자리에서 일어섰다. 조천천은 그들에게 다짐하는 듯한 미소를 보이며 말했다.

"장권호는 분명 어려운 상대요. 하지만 나는 이길 것이오."

조천천은 말을 마친 후 천천히 자신의 거처로 이동하였다. 그가 나가자 잠시 일어섰던 네 사람은 다시 앉았다. 하지만 그들의 표정은 그리 밝지 않았으며 상당히 굳어 있었다. 그들의 표정이 장권호가 얼마나 대단한 상대인지 말해주고 있었다.

개봉성 사람들은 보름 후에 있을 풍운회주와 장권호의

비무에 큰 관심과 기대를 가지고 있었다.

그들의 비무 소식을 들은 많은 무인들이 개봉성으로 찾아왔으며 풍운회에도 많은 손님들이 찾아왔다. 하지만 풍운회는 일절 외부 손님을 받지 않는다며 정문을 굳게 닫은 상태였다. 그렇기 때문에 그냥 돌아가는 사람들도 많았고 개봉성에서 머무는 사람들도 많았다.

개봉성 내의 주루나 객잔들을 많은 무림인들로 가득 찬 상태였으며 일반 사람들도 방을 구하기 위해 모여들고 있었다. 이렇게 좋은 구경거리는 흔하지 않았기 때문이다.

방 안에 앉아 있던 장권호는 차를 마시며 창밖으로 지나가는 행인들을 바라보고 있었다. 며칠 전에 비해 거리는 활기차 보였고 더욱 많은 사람들로 붐비는 듯했다.

"저예요."

문밖에서 들리는 소리에 고개를 돌리자 서영아가 아미를 찌푸린 채 안으로 들어오며 말했다.

"난리도 아니네요."

탁자 위에 튀긴 닭고기와 술병을 올려놓으며 그녀는 다시 말했다.

"오라버니와 풍운회주의 비무가 화젯거리인지, 구경하기 위해 꽤 멀리에서도 사람들이 몰려들고 있다고 하네요. 이름 있는 무인들도 거리에 종종 모습을 보이는 모양이에요."

"내 명성도 꽤 높은 모양이군."

"풍운회주와 오라버니의 비무니까요. 이렇게 사람이 모이는 건 당연한 일이에요."

"그런가?"

장권호는 사람들의 관심이 쏠린다는 것에 조금은 신기한 기분이 들었다. 연일 이어지는 자신과 풍운회주의 비무에 대한 이야기는 이미 주루나 거리에서 수없이 많이 듣고 있는 중이었다.

똑! 똑!

문밖에서 들리는 소리에 고개를 돌렸다. 서영아가 일어나 문 쪽으로 걸었다.

"누구세요?"

"양초랑이라 하오."

이름을 밝힌 사내의 목소리에 서영아는 고개를 돌려 장권호를 바라보았다. 그가 반가운 표정으로 고개를 끄덕였다. 곧 문이 열리고 양초랑의 모습이 보였다.

"이거 반갑구만."

"어서 오게."

장권호가 자리에서 일어나 들어오는 양초랑을 반갑게 맞이했다. 양초랑도 기분 좋은 얼굴로 들어왔다. 그는 서영아를 향해 인사하며 말했다.

"이렇게 뵙게 되어 반갑소이다. 양초랑이라 하오."

"서영아예요."

"이토록 미인이 곁에 있을 줄은 몰랐소이다. 영웅의 옆에
는 미인이 많다고 하더니 그 말이 거짓은 아닌 모양이오."

양초랑은 웃으며 말을 한 뒤 의자에 앉았다.

"내가 올 줄 알고 미리 준비한 모양이군?"

양초랑은 말과 함께 탁자 위에 놓인 닭다리를 뜯었다.
그의 행동이 다소 무례하게 보일 수도 있었지만, 장권호는
그저 즐거운 표정으로 바라보았다. 양초랑은 장권호가 강
호에 나와 마음이 통한 몇 없는 친구 중에 한 명이었기 때
문이다.

"잘 지냈나?"

"물론 잘 지냈지."

양초랑은 당연하다는 듯 고개를 끄덕였다. 하지만 표정
은 그리 좋아 보이지 않았다. 닭다리의 살점을 모두 뜯어
먹은 그는 술을 따라 마시며 말했다.

"어쩌자고 회주와 비무를 하려는 건가?"

장권호는 양초랑의 물음에 솔직하게 대답했다.

"풍운회와는 풀어야 하는 문제가 많아."

"문제라면 굳이 비무가 아니어도 상관없지 않나? 거기다
풍운회와 문제라니? 무슨 문제?"

"문제는 있지만 비무를 하면 다 해결될 일이야."

"도대체 무슨 말인지 모르겠군."

양초랑은 고개를 갸웃거리며 짧은 숨을 내쉬었다. 그가 볼 때 풍운회주와 비무를 하는 것은 어리석어 보였기 때문이다.

양초량은 이번 비무가 풍운회주는 물론 장권호에게도 이득될 게 없다고 여겼다. 강호에 명성이 높은, 십대고수 반열에 올라선 사람들의 비무는 서로 득보다는 실이 많았다. 그렇기 때문에 그들은 서로 마주치지 않으려 했으며 비무하는 일이 드물었다.

장권호는 풍운회주에게 이기면 모든 문제가 해결될 거라 여겼다. 자신이 이기면 장백파가 이기는 것이기 때문이다. 그렇게 되면 풍운회에 대한 복수도 해결될 것이다.

물론 장권호는 물증은 없지만 심증 하나로 풍운회가 장백파의 멸문과 연관되었다고 생각 중이었다. 그렇다고 증거를 찾아다닐 수도 없었다. 그렇다면 그들을 이기면 될 일이었다.

모든 문제는 이기면 해결될 일이었다. 물론 패하면 장백파로 돌아갈 생각이었고 피나는 수련을 한 후 다시 올 생각이었다.

"자네는 회주를 이길 생각인 모양이군?"

양초랑은 장권호의 담담한 눈빛에 물었다. 장권호는 당연하다는 듯 고개를 끄덕였다.

"물론이지. 이기기 위한 비무네."

"회주는 그렇게 만만한 사람이 아니야. 알려진 것보다 더욱 무서운 사람이네."

"그 말을 하려고 온 것인가?"

장권호가 미소를 보이자 양초랑은 그런 장권호를 가만히 쳐다본 후 그의 결심이 바뀌지 않는다는 것을 알았다. 양초랑은 술을 한 잔 더 마신 후 다시 말했다.

"솔직히 말하면 자네를 좀 말리고 싶어서 왔네. 비무를 그만두라고 설득하고 싶지만 자네의 표정을 보니 그렇게 하기는 힘들 것 같군."

장권호는 양초랑의 말에 다시 입을 열었다.

"누가 나를 설득하라고 따로 자네를 보낸 건가?"

"자 총관이 보냈지."

양초랑은 솔직히 대답했다. 그의 말에 장권호는 고개를 끄덕이며 자청운의 얼굴을 떠올렸다. 그러면 이 비무가 풍운회에 큰 이득이 없다는 것을 잘 알 것이다.

"그저 단순히 명성을 얻기 위에 비무를 하는 것이라면 그만두라고 말하고 싶네. 솔직히 자네의 명성은 이미 높은 하늘에 있지 않은가? 도대체 얼마나 큰 명성을 얻을 생각으로 이득도 없는 회주와 비무를 하는 건가? 비무에 이긴다 한들 자네에게 돌아올 이득이 얼마나 있겠나? 아니 승패를 떠나 오히려 강북무림이 자네의 적이 되겠지."

"패한다면 더 큰 적이 생기겠지. 아니면 손가락질을 당하던가?"

장권호의 미소진 말에 양초랑은 묵묵히 고개를 끄덕였
다. 장권호가 미소를 보이며 다시 말했다.

"내 뜻은 변함이 없으니 쓸데없이 힘쓰지 말게."

"그러지. 후우……."

양초랑은 깊은 한숨을 내쉰 뒤 다시 말했다.

"내일 정오에 아가씨가 한번 보자고 하더군. 자네와 할
말이 있다는데 어떨 겐가? 갈 텐가?"

장권호는 조선약을 떠올렸다. 그리 깊은 관계도 아니었
고 특별하게 대화를 나눠본 적도 없는 상대였지만 딱히 거
절할 필요도 없다고 생각했다.

"그러지."

장권호가 순순히 고개를 끄덕이자 양초랑은 자리에서 일
어섰다.

"오랜만에 만나 할 말은 많은데 보다시피 지금 회가 복
잡하고 시끄러워서 오래 자리를 비워두지 못한다네. 이해해
주게. 내일 정오에 남문 옆 신안루로 오게. 내가 입구에서
기다리고 있지."

장권호가 고개를 끄덕이며 술잔을 들자 양초랑은 손을
들어 보인 후 빠른 걸음으로 나갔다. 그가 나가자 서영아
가 문을 닫고 앞에 앉아 날개를 뜯었다.

"친한 분 같은데 상당히 적대적이네요."

"친구이기 이전에 풍운회의 사람이니까. 풍운회주와 비무를 하는 내게 불만이 없다면 오히려 이상하지. 나름대로 걱정을 해준 거니까 신경 쓰지 말거라."

장권호의 말에 서영아는 고개를 끄덕였다. 장권호가 다시 말했다.

"수정궁의 정보는 어느 정도 얻었나?"

"특별히 얻은 것은 없어요. 하지만 기회가 된다면 한번 찾아가볼 생각이에요. 저 역시 강호에서 풀어야 할 숙제가 남았잖아요?"

서영아가 애써 태연하게 미소를 보였지만 장권호는 씁쓸한 표정으로 고개를 저었다.

"솔직히 나는 네가 과거를 잊어버렸으면 한다. 지금처럼 내 여동생이고 서영아라는 사람으로서 살았으면 좋겠어. 그게 바람이야."

장권호의 말에 서영아는 천천히 고개를 끄덕였으나 대답은 하지 않았다. 그게 어디 쉽게 잊힐 기억인가? 아무리 노력해도 잊지 못할 기억이었고 무거운 짐이었다. 그것을 장권호도 알기에 더 이상 입을 열지는 않았다.

다음 날 정오가 되자 장권호는 홀로 신안루로 향했다. 그에 대한 이야기는 거리의 여기저기에서 들렸지만, 정작 옆에서 걷고 있는 그가 장권호라는 사실을 아는 사람은 없었다. 그의 얼굴이 강호에 거의 알려지지 않았기 때문이다.

양초랑과 이런저런 이야기를 나누며 후원이 보이는 곳까지 이르자 좌우로 높게 뻗은 대나무 길이 눈에 들어왔다. 그 중앙에 하늘색 치맛자락을 휘날리며 서 있는 조선약이 있었다.

"들어가."

양초랑의 말에 장권호는 고개를 끄덕이며 조선약에게 다가갔다. 그러자 양초랑이 문을 닫은 후 경계를 서기 시작했다.

장권호는 양초랑이 닫은 문을 바라보다 곧 시선을 돌려 조선약을 쳐다보았다. 그녀는 가볍게 인사를 했고 장권호는 그녀에게 다가갔다.

"오랜만이오."

"반가워요."

장권호의 인사에 조선약은 미소를 보였다.

"조금 걸을게요."

조선약의 말에 장권호는 그녀와 함께 보폭을 맞추며 후원 안으로 걸음을 옮겼다. 그녀는 장권호가 옆에 있다는 것에 상당히 긴장한 표정을 지었다.

과거 한두 번 그를 본 적이 있지만 그때는 이렇게 단둘이 보는 것이 아니라 다른 사람들과 함께 있었기 때문에 어색함이 없었다.

그런데 오늘은 유난히 어색했고 자신이 긴장하고 있다는 생각이 들었다.

"오라버니와 장 대협의 비무로 무림의 모든 시선이 지금은 풍운회로 쏠리고 있어요."

"화제가 된 모양이오?"

"그래요."

조선약은 고개를 끄덕였다. 장권호가 다시 물었다.

"그런 말을 하려고 보자고 한 것은 아닐 테고, 나를 보자고 한 연유가 무엇이오?"

조선약은 장권호의 물음에 좌우로 늘어선 대나무를 둘러보며 말했다.

"제가 봤을 때 장 대협은 강호 일에 크게 관심이 없는 분으로 알았는데 의외네요. 오라버니에게 비무를 신청했다는 소식을 듣고 크게 놀랐어요."

"조 소저뿐만 아니라 강호의 사람들이 모두 놀랐을 것이오."

장권호의 말에 조선약은 대나무 길이 끝나자 나타난 작은 별채로 걸어가며 다시 말했다.

"안에 차를 마련해놓았어요."

조선약은 말과 함께 장권호를 안내하며 안으로 들어가 밖이 훤히 보이는 객청에 마주 앉았다.

작은 호수도 보였고 대나무가 숲을 이루고 주변을 둘러

싼 곳이었기에 죽향(竹香)이 바람이 불 때마다 은은히 코끝을 간지럽혔다.

"죽엽차예요."

또르륵!

찻잔에 차를 따르는 그녀의 여리고 고운 손이 보였다. 장권호는 찻잔을 들어 한 모금 마신 후 짙은 죽향을 음미했다. 그 모습에 조선약이 말했다.

"제가 독을 탔을 가능성은 생각도 안 하는 모양이네요?"

장권호가 그 말에 미소를 보였다.

"조 소저는 그럴 사람이 아니라 생각하오."

"왜요?"

"그럴 사람이라면 나를 이렇게 보자고도 안 했을 테니 말이오. 게다가 독을 탔다면 내가 가만히 있지도 않았을 테니 목숨을 걸고 이토록 무방비하게 접근하지도 않았을 것이오."

"그렇겠네요. 장 대협의 일 초조차 받아내지 못할 테니 말이에요."

조선약은 담담한 표정으로 고개를 끄덕였다. 장권호는 그녀가 자신을 암습하거나 독을 먹으려고 이렇게 만나자고 한 것이 아니라고 생각했다. 그저 양초랑처럼 이번 비무를 취소해달라는 말을 할 거라 여겼다.

"왜 보자고 한 것이오?"

장권호가 찻잔을 내려놓으며 묻자 조선약이 입을 열었다.

"오라버니께 거절할 수 없는 비무를 청한 그 저의가 너무 궁금해서요. 아무리 생각해도 장 대협의 의도를 파악하기 어려워서 그래요."

조선약의 물음에 장권호는 잠시 생각하는 듯하더니 곧 입을 열었다.

"풍운회주와는 오래전부터 한번 겨뤄보고 싶었소. 그뿐이오."

"그런가요?"

"그렇소."

조선약은 장권호의 단순한 대답에 조금은 실망한 표정을 보였다. 뭔가 특별한 이유가 있다고 여겼기 때문이다. 그녀는 차를 한 모금 마신 뒤 다시 말했다.

"장 대협은 단순한 이유로 비무를 신청했지만 알다시피 장 대협과 오라버니의 비무는 그런 단순한 문제가 아니에요. 그것은 누구보다 잘 아실 거라 생각해요."

장권호는 그녀의 말에 가볍게 미소를 보였다. 사실 그녀의 말처럼 실제 이 일은 강호에 상당한 파장을 일으킬 것이다. 무엇보다 장권호가 풍운회주를 이기면 그 파장은 더욱 클 것이 분명했다.

"또한 장 대협은 단순한 이유로 비무를 신청했지만 개방의 움직임은 너무 빨랐어요. 마치 의도적으로 개방을 통해 장 대협이 소문을 퍼트리는 것처럼 보일 정도예요. 마치 장 대협이 짜고 치는 도박판처럼 보이는 건 저만 그런 것일까요?"

"개방은 그저 호기심이 많을 뿐이라오."

"결국 장 대협의 의도대로 비무를 하게 되었지요. 하지만 그 결과가 어떻게 되더라도 장 대협은 모두 받아들여야 할 거예요."

조선약의 말에 장권호는 선선히 고개를 끄덕였다. 조선약이 다시 말했다.

"장 대협은 무림을 적으로 돌리는 선택을 하신 거예요. 물론 저희 오라버니가 이기겠지만요. 장 대협이 패하면 그 패배는 쉽게 잊을 수 없는 상처가 될 거예요."

"내가 이길지도 모르지 않소?"

"그건 어려워요. 왜냐하면 오라버니는 강북무림의 수많은 무인을 대신하기 때문이에요. 장 대협의 도전은 강북무림에 대한 도전이고 오라버니는 그들의 명예까지도 가지고 계신 분이에요. 그 무게를 장 대협은 상상도 못 하실 거예요."

"그래서 물러서란 것이오?"

"그래요."

조선약의 말에 장권호는 다시 한 번 미소를 보이며 차를 마셨다.

"조 소저는 아무것도 모르는 것 같소."

장권호의 말에 조선약은 눈을 동그랗게 뜨며 물었다.

"그게 무슨 말인가요? 제가 모르다니요? 도대체 무엇을 모른다는 건가요?"

장권호는 찻잔을 내려놓고 조선약을 향해 반짝이는 시선을 던지며 말했다.

"심장의 목소리를 들은 적은 있소?"

"심장의 목소리?"

조선약은 장권호의 말이 무엇을 의미하는지 도저히 이해할 수 없다는 표정을 보였다. 그러자 장권호가 미소를 보였다.

"풍운회주도 나와 마찬가지로 서로 상대의 얼굴을 떠올리며 심장의 목소리를 들었을 것이오."

"심장이 도대체 무슨 말을 한다는 것인가요?"

장권호는 자신의 심장이 있는 왼 가슴을 가볍게 두드리며 말했다.

"싸워라. 그리고 이겨라."

"……!"

조선약이 눈을 크게 뜨자 장권호가 다시 말했다.

"이 비무를 풍운회주가 받아들인 이유는 바로 이 심장의 소리를 들었기 때문이오. 그게 무인이오."

*   *   *

　살면서 잠 못 이룬 밤이 몇이나 될까? 지금까지 살면서 그런 날은 손에 꼽았고, 대부분 어릴 때의 기억이었다. 그런데 다 큰 어른이 되어서 다시 그런 날을 보내고 있었다.

　잠이 오지 않아 밤하늘을 하염없이 쳐다보는 밤이었다. 조천천은 잠시 창가에 기대어 앉아 그렇게 밤하늘을 바라보다 곧 의자에 앉아 차를 따라 마셨다. 잠시 그렇게 차를 마시며 앉아 있던 그는 뭔가 생각난 표정으로 자리에서 일어나 천천히 밖으로 나갔다.

　밝은 불빛이 반짝이는 방 안에 앉아 있는 조선약은 긴장한 표정으로 밤하늘을 바라보고 있었다. 시간이 흐르면 흐를수록 잠은 사라지고 정신은 또렷해지는 듯했다. 잠을 자야 할 시간인데도 이상하게 잠이 오지 않았다.

　저벅! 저벅!

　야심한 시간에 들리는 발소리에 조선약은 시선을 밖으로 돌렸다. 이렇게 야심한 시각에 아무렇지도 않게 자신의 거처로 올 수 있는 사람은 풍운회에서도 단 한 명뿐이었다.

　그녀의 시선에 흐릿한 그림자와 함께 조천천의 모습이 보이자 그녀는 시비를 시켜 차를 준비했다. 조선약은 자리에서 일어나 들어오는 조천천을 반갑게 맞이했다.

"아직 안 자고 있었구나?"

"잠이 안 와서요."

조선약은 애써 미소 지으며 대답했다. 조천천은 그녀의 얼굴을 보자 조금은 기분이 좋은지 미소를 보였다.

"이 시간에 웬일이세요?"

"잠이 안 와서."

"오라버니도 잠이 안 올 때가 있군요."

조선약은 재미있다는 표정으로 입가에 미소를 그렸다. 그런 조선약의 모습을 조천천은 담담한 표정으로 바라보았다. 동생 앞에선 긴장하고 있다는 마음을 들키고 싶지 않았다. 하지만 심장이 뛰는 것까지 감출 수는 없었기에 평소와 달리 야밤에 찾아온 것이다. 조선약의 얼굴이라도 봐야 할 것 같았다.

"저도 잠이 잘 안 오네요. 상대가 다른 사람도 아닌 장권호라 그런가봐요."

"그런 것 같구나."

조천천은 가만히 중얼거리며 고개를 끄덕였다. 상대가 만만하다면 오히려 잠이 잘 왔을 것이다. 하지만 그리 만만한 상대가 아니었기 때문에 잠을 못 이루고 있었다.

"오라버니가 수련 중일 때 장 대협을 만나봤어요."

조선약의 말에 조천천은 눈을 반짝였다. 조선약이 자신

의 허락도 없이 회를 나가 그를 만났다는 것에 조금은 놀란 것이다. 물론 화를 낼 수도 있지만 그럴 생각은 없었다.

"네가 그자를 따로 만날 이유가 있느냐?"

조천천의 물음에 조선약은 고개를 끄덕였다.

"이번 비무를 취소했으면 해서 만났어요. 두 분이 싸우는 건 도저히 못 볼 것 같아서요. 더욱이 서로에게 이득될 일도 없어서요."

걱정이 스민 조선약의 말에 조천천은 미소를 보였다. 조선약과 같은 생각을 가진 사람은 풍운회에 널렸을 것이다. 자청운도 같은 소리를 했었기에 별다른 말은 하지 않았다. 이미 여러 번 들은 말이기 때문이다.

"설득하고 싶었던 모양이구나?"

"네. 십대고수에 속한 오라버니와 장 대협의 비무는 화젯거리만 될 뿐이지 결국 서로에게 큰 상처만 남을 일 같아서요. 그런데 실패했어요."

"쓸데없는 짓을 했구나. 네 행동은 내가 그를 두려워하고 있는 것처럼 보여주는 행동이다. 그런 행동은 좋지 않아."

"아······!"

조천천의 말에 조선약은 그럴지도 모른다는 생각이 문득 들었다. 그녀는 조금 놀란 표정으로 입을 벌렸다. 다행이라면 조천천이 화를 내지 않고 있다는 점이었다.

조천천이 말했다.

"나는 그가 두렵지가 않구나. 단지 패배가 두려울 뿐이다."

그의 말에 조선약은 알 것 같은 기분에 대답 없이 고개만 끄덕였다. 하지만 전부를 알 수는 없었다.

조천천이 근본적으로 긴장한 이유는 패배할지도 모른다는 생각 때문이었다. 물론 자신이 패할 이유가 없다고도 생각했다. 이기지 못할 상대가 아니었기 때문이다.

"장 대협을 만났을 때 그가 이런 말을 했어요."

"무슨?"

"이번 비무를 오라버니가 거절하지 못한 이유는 심장이 그렇게 시켜서 그런 거라고…… 심장이 말한 거라고 했어요."

조선약의 말에 조천천은 가볍게 미소를 보였다.

"후후……."

조천천은 소리 죽여 웃음을 흘린 뒤 말했다.

"그의 말이 틀리지 않아. 장권호의 비무첩을 받았을 때 내 심장이 싸우라고 말했으니까. 난 이성보다 내 감정에 충실했을 뿐이다. 나의 감정은 이미 비무첩을 받아 든 순간부터 지금까지 장권호와 싸우고 있다. 그런 거다."

조천천의 말에 조선약은 자신은 이해하지 못할 세계라는 생각이 문득 들었다. 무엇보다 장권호와 조천천이 모두 비숫한 말을 한다는 것 자체가 신기했다. 장권호도 싸우라는 말을 했었기 때문이다.

"이길 자신은 있어요?"

조선약이 눈을 반짝이며 묻자 조천천은 고개를 끄덕였다.

"물론."

"다치지 마세요."

조선약이 정말 걱정된다는 표정으로 말하자 조천천은 고개를 저었다.

"그건 어렵겠구나…… 온전히 이길 상대가 아니란다. 그건 네가 더 잘 알 것이다."

조천천의 말에 조선약은 침을 삼켰다. 마른침이 절로 목을 타고 넘어갔다. 당일도 아닌데 이렇게 마른침이 생기면 비무 날에는 더할 것 같았다.

"내 도는 네가 갖고 있어라. 내가 달라면 주고."

"네. 그렇게 할게요."

조천천은 그녀의 대답에 미소를 보이며 고개를 끄덕였다. 그는 차를 한 모금 마신 뒤 다시 말했다.

"만약 내가 패한다면……."

"그럴 리가 없어요."

조천천의 말에 조선약이 고개를 저으며 조천천의 손을 잡았다. 패배한다는 말 자체를 하지 말라는 듯 보였다. 조천천은 그녀의 손을 다시 포개 잡으며 부드러운 눈빛으로 다시 말했다.

"회주에서 물러날 생각이다."

"……!"

조선약이 눈을 크게 떴다. 조천천은 다시 말했다.

"회주는 절대 패하면 안 되기 때문에 물러설 생각이다. 그러니 내가 패하면 같이 집으로 돌아가자꾸나."

"오라버니……."

조선약은 그의 말에 가만히 조천천의 얼굴을 바라보았다. 조선약은 손을 뻗어 조천천의 흘러내린 앞머리를 쓸어 넘겨주었다.

"이기세요."

그녀의 말에 조천천은 조선약의 손을 힘주어 잡았다.

깊은 밤 조선약의 거처를 나온 조천천은 자신의 방으로 가려다 길 가운데 서 있는 이석옥을 발견하고 잠시 걸음을 멈추었다. 그녀는 달빛을 받으며 서 있었고 조천천은 그녀의 모습에 미소를 보였다.

"웬일이지?"

"방에 갔더니 이리 갔다고 해서 기다렸어요."

이석옥은 담담한 표정으로 대답했다. 그녀의 큰 키가 오늘따라 유난히 더욱 크게 보였다. 조천천은 눈높이가 비슷한 이석옥의 얼굴을 가만히 바라보다 천천히 걸음을 옮겼다.

"산책이나 같이할까?"

"네. 그래요."

이석옥이 미소를 보이며 조천천과 나란히 걸음을 옮겼다.

둘의 신형이 후원의 넓은 정원으로 들어서자 구름 속에서 달이 얼굴을 내밀었다. 달빛이 정원을 비추자 이석옥이 먼저 입을 열었다.

"내일이네요."

"그래."

조천천은 고개를 끄덕였다. 드디어 내일 장권호와의 비무가 있었다.

"긴장되는 모양이에요?"

"물론이지."

조천천은 이석옥에게 숨기지 못하겠다는 듯 대답했다.

"그런데 이 밤에 내게 무슨 볼일이라도 있나?"

"내일은 중요한 날이라 대화를 나누지 못할 것 같아서요. 적어도 좋아하는 사람의 목소리는 듣고 자야 할 것 같아서요."

이석옥의 말에 조천천은 가만히 미소를 보였다.

"나를 좋아하고 있었나?"

"좋아하면 안 되는 것도 아니잖아요."

이석옥의 대답이 틀린 말도 아니기에 조천천은 웃음을 보였다. 곧 그는 정색한 얼굴로 말했다.

"내가 패하게 되면 그 마음도 사라질 텐데 걱정이군."

"패할 거라 생각하지 않아요."

이석옥의 말에 조천천은 자신을 믿는다는 사실을 알챘다.

"회의 모든 사람들이 이 단주의 마음 같으면 고맙겠어."

"모두 그래요. 회주님이 패할 거라고 생각하는 사람은 아무도 없어요."

"절대 질 수 없는 이유가 생겼군."

이석옥은 그의 말에 고개를 끄덕였다. 조천천은 이런 기분도 나쁘지 않다는 것을 알았다. 풍운회의 모든 사람들이 자신을 믿어주고 있다는 것에 긴장되었던 마음이 안정을 찾는 것 같았다.

이석옥이 다시 말했다.

"거기다 저뿐만 아니라 본 회의 모든 여자가 회주님을 사모하고 있잖아요? 그러니 절대 이겨야 해요."

"하하하하하!"

조천천은 이석옥의 말에 크게 웃었다. 평소의 이석옥답지 않은 재미있는 말을 했기 때문이다.

"이기도록 노력하지."

"노력하지 말고 이기세요."

"그래. 이기지."

조천천이 미소를 보이며 눈을 반짝이자 이석옥은 고개를 끄덕였다. 그녀는 천천히 걸음을 옮기며 다시 말했다.

"이렇게 회주님과 함께 있는 이 밤이 그리울지도 모르겠네요."

"내일 이기면 다시 달밤에 만나도록 하지."

조천천의 말에 이석옥이 미소를 환하게 웃음을 보였다.

"약속하신 거예요."

"물론."

조천천도 웃음을 보였다.

＊　　　＊　　　＊

"조천천의 무공은 조가장의 무공을 기본으로 두고 있어요."

"알고 있어."

"그의 아버지는 오라버니도 잘 알고 있는 공천자지요."

"그래."

서영아의 말에 장권호는 연신 고개를 끄덕였다. 침상에 누운 채 건포를 씹으며 대답하는 그의 옆에 앉은 서영아는 친절하게 조천천에 대해 설명하고 있었고 장권호는 조금

건성으로 듣는 듯 보였다.

"그의 유성도법(流星刀法)은 강호의 절기로 알려져 있어요. 총 구식으로 이루어졌고 아직 오식 이상을 받아내는 고수는 없었다고 해요. 그만큼 대단한 위력을 지닌 도법이지요. 과거의 귀문주도 젊은 조천천의 유성도법에 놀랐으니까요."

귀문주가 놀랐다는 말에 장권호가 눈을 반짝였다.

"둘이 만난 모양이군?"

"딱 한 번 만난 적이 있어요. 물론 크게 싸웠지만 별다른 일 없이 둘은 물러섰지요. 약 반 시진 정도 싸웠는데 워낙 백중세였고 풍운회와 귀문의 싸움이 커서 더 이상의 피해를 막기 위해 물러선 것으로 알아요."

서영아의 말에 장권호는 고개를 끄덕였다. 서영아가 다시 말했다.

"거기다 조천천은 아직 남에게 보이지 않은 공천자의 무공도 가지고 있다 들었어요. 공천자의 무공은 아직 제대로 밝혀진 게 없는데, 그가 한 번 모습을 보인 무공이 전설적인 분광수(分光手)라 들었어요. 그러니 그의 아들인 조천천이 분광수를 익혔을 가능성도 있어요."

"분광수라……."

장권호는 분광수라는 말에 살짝 미간을 찌푸렸다. 장백파의 권법과 비교했을 때 그 위력이 절대 뒤지지 않을 무공이라 생각했다. 금강석(金剛石)과 같은 양손은 그 어떤 것으로도 상처 하나 입지 않으며 분광수에 격중되면 그 어떤 것도 온전한 모습을 유지할 수 없다고 알려진 무공이었다.

"그걸 익혔다면 상대하기 까다롭겠군."

장권호의 말에 서영아가 대답해주었다.

"그렇지만 그건 가정일 뿐이에요. 실제 조천천은 도법을 제외하고 다른 무공을 쓴 적이 없으니까요."

서영아의 말에 건포를 다 씹은 장권호가 말했다.

"밤이 늦었다. 이만 자자."

장권호의 말에 서영아가 아미를 찌푸렸다.

"지금 잠이 와요? 저는 잠이 안 와 미치겠는데."

"싸우는 사람은 나인데 왜 네가 잠이 안 오느냐?"

장권호가 웃으며 묻자 서영아는 인상을 찌푸리며 신형을 돌렸다. 그녀의 모습에 장권호는 이불을 덮으며 말했다.

"내일은 새벽에 일어나야 하니 일찍 자거라."

"네, 주무세요."

서영아는 장권호의 말이 모두 맞기에 불을 끄며 자신의 침상에 누웠다. 곧 어둠에 잠긴 방 안에서 간결한 호흡 소리만이 흘러나왔다.

웅성! 웅성!

새벽부터 풍운회의 정문에는 사람들로 인산인해(人山人

海)를 이루고 있었다. 수많은 사람이 풍운회의 정문으로 들어가려 했지만, 오십여 명의 무사들이 풍운회의 정문을 굳건히 막고 서 있었다. 풍운회의 사람이 아니면 절대 안으로 들여보낼 생각이 없는 듯 보였다.

"문 좀 열어주시오. 오늘의 비무를 구경하기 위해 멀리 남해에서 왔소이다!"

"나는 광동에서 올라왔네!"

"문을 열어주시오!"

"어서 문을 여시오!"

사람들이 일제히 문을 막고 서 있는 무사들을 향해 소리쳤다. 하지만 그들은 그들의 외침에도 아랑곳하지 않고 그저 정문 앞을 험악한 표정으로 지키고 서 있을 따름이었다. 그 많은 사람을 뚫으며 장권호와 서영아가 앞으로 나가고 있었다.

"잠시만요. 잠시만."

서영아가 사람들 사이로 몸을 비집고 나오자 그 뒤로 장권호가 모습을 보였다. 그러자 풍운회 무사들이 장권호를 알아보고 허리를 숙였다.

"기다리고 있었습니다."

풍운회의 무사가 깊게 읍하자 그 주변에 있던 사람들이 일제히 소리쳤다.

"장권호다!"

"정말 장권호다!"

우와아아아!

거대한 함성이 요란하게 울렸다. 장권호와 서영아가 안으로 들어가려 하자, 무사들이 서영아의 앞을 막았다. 서영아가 아미를 찌푸렸다.

"죄송하지만 장 대협만 들어갈 수 있소이다."

무사의 말에 장권호는 고개를 끄덕이며 서영아를 쳐다보았다. 그의 한쪽 눈이 깜박이자 서영아는 뒤로 물러섰다. 곧 그녀의 신형은 어느 순간 사람들 틈 사이로 사라졌다.

장권호는 무사의 안내를 받으며 문 앞에 섰다. 풍운회의 정문이 거대하게 자신의 앞을 막아서고 있었다. 고개를 들어 정문 머리 위에 높이 매달려 있는 현판을 바라보았다.

풍운회(風雲會)

장권호는 풍운회의 현판을 잠시 바라보다 문이 열리는 소리에 시선을 돌렸다. 그리고 반쯤 열린 문 안으로 천천히 걸음을 옮겼다.

제3장

쉬운 상대는 없다

문 안으로 들어선 장권호는 잠시 걸음을 멈췄다. 특별한 이유가 있어서가 아니라 그렇게 해야만 했다.

쿵!

등 뒤로 문이 닫히는 소리가 육중하게 울렸고 장권호는 시선을 들었다. 그의 눈에 거대한 연무장을 가득 메운 수많은 풍운회 무사와 저 멀리 연무장 끝 계단 위의 태사의에 앉아 있는 조천천의 얼굴이 보였다. 그의 주변으로는 십여 명의 고수가 늘어서 있었다.

거대한 연무장의 중앙은 마치 길처럼 뚫려 있었으며 좌우로 길게 늘어선 무사들은 한결같은 투지를 발산하고 있었다. 그들의 앞에는 간부급으로 보이는 무사들이 열을 맞추어 늘어서 있었고 장권호가 아는 얼굴들도 있었다.

슥!

장권호가 한 발 나서는 순간 강렬한 투기가 그를 압박하기 시작했다.

"훗!"

장권호는 저도 모르게 미소를 보이며 천천히 걸음을 옮겼다. 그가 걸음을 옮길 때마다 수많은 풍운회 무사의 시선이 그를 따라 움직였고, 그들의 살기와 투기가 꼬리처럼 장권호를 따라가고 있었다.

척!

장권호가 태사의에 앉은 조천천의 십 장 앞에 다가와 멈춰 섰다. 다른 특별한 이유가 있어서 멈춘 것이 아니었다. 단지 그 자리가 연무장의 중앙이었기 때문에 멈춘 것이다.

장권호는 잠시 주변을 둘러보다 우연인지 아닌지 바로 옆에 서 있는 이석옥을 발견했다. 불과 삼 장 거리에 서 있는 그녀도 장권호를 노려보고 있었다.

잠시 그녀를 보던 장권호는 시선을 돌려 태사의에 앉아 있는 조천천을 바라보았다.

그 때, 북소리가 울렸다.

둥! 둥!

척!

순간 수많은 풍운회 무사가 일제히 조천천을 향해 신형

을 돌렸다. 그들의 절도 있는 행동에 웬만한 고수라 하더라도 압도될 것이다. 하지만 장권호의 표정은 평온해 보였고 크게 신경 쓰는 것처럼 보이지 않았다.

이 정도의 압박은 어렴풋이 예상하고 있었기에 크게 당황하지 않은 것이다. 장권호는 신형을 돌린 풍운회 무사들과 함께 같은 곳을 바라보고 있었다.

조천천은 수많은 풍운회 무사가 자신을 바라보자 곧 의자에서 일어섰다. 그가 일어서자 무사들은 절도 있게 부복했다. 그들 가운데 서 있는 사람은 오직 장권호 한 명뿐이었다.

그만이 마치 모난 돌처럼 튀어나와 있는 모습이었다. 조천천은 평소보다 더욱 날카롭고 강렬한 기도를 내뿜으며 장권호를 바라보았다.

"반갑소. 풍운회에 온 것을 환영하오."

"반갑소이다."

장권호는 담담한 목소리로 짧게 대답했다. 그의 목소리에는 한 치의 흔들림도 없었다. 조천천이 손을 들자 다시 북소리가 울렸다.

둥! 둥!

북소리에 부복했던 무사들이 일어나 좌우로 천천히 멀어지기 시작했다. 그들이 연무장의 중앙에서 멀어지자 자연스럽게 장권호를 중심으로 넓은 공터가 형성되었다.

"비무하기에는 딱 좋은 날씨인 것 같소."

조천천의 말에 장권호는 잠시 시선을 들어 간간히 흘러 가는 구름 낀 하늘을 바라보았다.

"좋은 날씨인 것 같소."

장권호도 조천천의 말에 동의했다. 조천천이 다시 말했다.

"장 형과는 충분한 대화를 나누고 싶었는데 지금은 그럴 상황이 아닌 것 같소."

조천천이 미소 지으며 하는 말에 장권호는 그가 자신감 에 가득 차 있다는 것을 알았다. 한 세력의 우두머리이며, 강렬한 기도를 내뿜고 있는 그는 마치 사자와 같은 용맹한 눈빛을 하고 있었다.

조천천이 손을 내밀자 옆에 서 있던 조선약이 그의 도를 내밀었다. 조천천은 손을 뻗어 도의 손잡이를 잡았다.

스르릉!

도가 도집에서 나오는 날카로운 소성이 사방으로 퍼져나갔 다. 아무도 입을 여는 사람이 없었으며, 오직 장권호와 조천천 만이 있는 것처럼 느껴질 정도로 깊은 정적이 흘렀다.

은빛으로 반짝이는 도신이 햇살에 반사되었다.

슥!

도를 늘어뜨린 조천천이 천천히 계단을 하나씩 밟고 내 려오고 있었는데, 한 계단씩 내려올 때마다 그의 기도가 점 점 강해졌다.

수많은 풍운회 무사가 쳐다보는 시선이 오히려 그에게는 힘을 주는 것처럼 보였다.

"무기는 없소이까?"

"맨손으로 하겠소."

장권호의 대답에 조천천은 천천히 고개를 끄덕였다. 하지만 눈동자엔 싸늘한 빛이 가득했다.

강호의 수많은 무인 중에서 십대고수에 올라 있는 인물이라면 딱히 무기가 없다고 해서 크게 문제될 것은 없어 보였다. 그만큼 실력이 있다는 뜻이니까.

"자네는 내게 할 말이 없나?"

장권호는 조천천의 물음에 미소를 보이며 눈을 반짝였다.

"풍운회의 명예는 내가 가져가겠소."

"⋯⋯!"

조천천의 눈동자가 사납게 타올랐고, 사방에서 거대한 폭풍 같은 기운들이 쏟아져 나왔다. 하지만 입을 여는 사람은 아무도 없었다.

"자네의 명예는 내가 가지겠네."

조천천의 말에 장권호는 고개를 끄덕였다.

슉!

조천천이 어느새 오 장 앞까지 접근한 후 걸음을 멈추었고, 장권호는 가볍게 양손을 늘어뜨리다 반쯤 주먹을 쥔 손 모양을 취했다. 그저 가볍게 주먹을 쥔 것 같은 모습이었다.

둥! 둥! 둥! 둥!

어디선가 거대한 북소리가 울리기 시작했고 그 소리에 따라 심장이 마치 터질 듯이 크게 울렸다. 풍운회 무사들은 마른침을 삼키며 숨죽이고 연무장 중앙에 마주 보고 선 두 사람의 모습을 눈에 담았다. 그리고 마지막 북소리가 울렸다.

둥!

마지막 북소리는 깊고 낮게 풍운회의 지붕을 넘었고, 그 소리가 끝나는 순간 조천천의 신형이 흔들리듯 흐릿해졌다. 장권호의 신형 역시 조천천과 마찬가지로 흐릿하게 변하였다. 누가 먼저 움직였는지 눈으로 확인할 수 없을 만큼 두 사람은 거의 동시에 움직였고, 그림자조차 찾기 힘들만큼 빠른 움직임을 보였다.

파파팟!

*　　　*　　　*

풍운회 중앙에 자리한 대전의 어두운 지붕 그림자에 몸을 숨긴 서영아는 연무장의 중앙에서 움직이는 두 사람의 그림자를 눈으로 쫓고 있었다.

그녀의 눈에는 두 사람의 모습이 똑똑히 보이고 있었으며 세세한 움직임까지는 아니더라도 초식의 변화는 눈으로 쫓을 수 있었다.

'풍운회주의 무공도 만만치 않아.'

그녀는 수많은 은빛 도날 그림자 사이로 몸을 숨긴 조천천의 모습이 마치 자신을 보는 것 같다고 생각했다. 자신도 장권호를 상대한다면 최대한 빠른 초식으로 그의 접근을 것이기 때문이다.

서로 호흡이 맞닿는 초근접전이 되면 아무래도 극상승의 권법을 익힌 장권호에게 훨씬 더 유리하기 때문이다. 손에 도나 검을 든 이유는 그만큼 적의 접근을 막고 떨어진 거리에서 적을 상대하기 위함이었다.

'쉽지는 않겠어.'

조천천의 도법이 날카롭게 보이자 장권호도 쉽게 접근하기 어렵다고 판단했다. 하지만 장권호의 움직임 또한 쉽게 잡힐 만큼 느리지 않았다.

"대단하군."

밑에서 두 사람의 비무를 보던 장로들의 대화에 서영아는 귀를 밝혔다. 하지만 시선은 여전히 장권호와 조천천에게 향해 있었다.

도집을 가슴에 품고 있는 조선약의 표정은 상당히 긴장

되어 보였다. 사실 지금까지는 조천천이 누구와 싸운다고 했을 때 이토록 긴장한 기억이 없다. 늘 당연히 이길 거라 생각했기 때문이다.

하지만 오늘따라 유달리 긴장되고 가슴 한쪽이 꽉 막힌 기분이 들었다. 그만큼 상대가 대단한 인물이라는 반증이었다.

"대단하군."

옆에 서 있는 장로 강청도가 큰 눈을 반짝이며 중얼거렸다. 그는 수염을 쓰다듬으며 안력을 높였다. 조선약은 두 사람의 그림자가 거의 흐릿하게만 보였기 때문에 관심 있는 표정으로 물었다.

"어떤데요?"

조선약의 물음에 강청도는 굳은 표정으로 입을 열었다.

"가벼운 탐색전처럼 보이는데…… 둘 다 움직임이 너무 좋아."

말을 하던 강청도는 조선약의 무공이 미미하다는 것을 깨닫고 자세히 설명하듯 다시 말했다.

"보기에는 치열하게 싸우고 있는 것 같지만 실세 둘은 지금 탐색전 중이네. 본격적으로 시작하기 전에 몸을 푸는 중이지."

"저렇게 싸우는 게 준비운동 같은 건가요?"

조선약은 강청도에게 물으며 연무장의 중앙을 수놓고 있

는 십여 개의 장권호와 조천천의 그림자를 쳐다보았다. 둘은 여전히 비슷한 자리에서 손과 도를 교환했고 조천천의 도가 강한 은빛을 발산하고 있었다.

자신의 눈에는 서로 죽이려는 모습으로밖에 보이지 않았기에 가벼운 준비운동이라는 강청도의 말에 놀랐다. 그리고 주변에 서 있던 사람들도 눈으로 연무장을 향했으나 귀는 강청도의 말을 듣고 있는 중이었다.

강청도가 수염을 쓰다듬으며 다시 말했다.

"서로 무공의 성격을 파악하는 중이겠지…… 사람마다 성격이 다 다르듯이 무공 또한 그 성격이 다르니 그 본질을 파악하려는 중일 게야. 저 정도의 고수들이라면 충분히 초식을 나누면서 무언의 대화를 하고 있는 중인 게지. 또한 같은 무공을 익혀도 사람에 따라 어떤 사람은 같은 초식을 빠르게 펼치고, 어떤 사람은 느리게 펼치기도 한다. 또 어떤 사람은 급하게 펼치기도 하지. 빠른 것과 급한 것은 어떻게 보면 비슷하게 보이지만 그 속에 담긴 내력이 전혀 다르다. 그러니 일단 서로 상대의 성격이나 무공의 성질을 초식을 펼치며 관찰하는 중인 게야. 물론 살인을 목적으로 한 비무라면 이런 탐색은 없겠지만 지금은 명예를 걸고 하는 비무이기에 승패를 떠나 서로 알아가는 중이라고 봐야 한다."

강청도의 설명을 조선약은 어느 정도 이해할 수 있었지

만 모두 알지는 못하였다. 조선약은 가슴에 안은 도집을 힘 있게 잡았다.

파팡!

처음으로 둘의 기운이 부딪치는 소리가 연무장 중앙에서 울렸다. 그 전에는 쉬쉭거리는 바람 소리와 옷자락이 휘날리는 소리만 울렸기 때문에 모두의 눈이 커질 수밖에 없었다. 첫 공방이었기 때문이다.

팡!

공기의 파공성이 크게 울리고 조천천이 도면으로 얼굴을 가리며 뒤로 일 장이나 밀려나갔으나 그의 눈은 차가운 빛을 띠며 도면 너머에 서 있는 장권호를 노려보고 있었다.

장권호 역시 뒤로 오 보나 밀려난 상태로 비스듬히 섰다. 그 때 서걱거리는 소리와 함께 그의 가슴팍이 베어져 속살이 드러났다. 벌써 수초 전에 베인 가슴이지만 이제야 그 흔적이 모습을 보인 것이다.

"오!"

풍운회의 수많은 무사들이 절로 입 밖으로 감탄사를 내뱉었다. 보기에는 아무런 상흔이 없는 조천천이 우세해 보였기 때문이다. 그 때 퍽! 하는 소리와 함께 조천천의 왼 어깨 쪽 옷자락이 터져나가듯 뜯어졌다.

"⋯⋯!"

그 소리에 무사들이 눈을 크게 떴다. 하지만 조천천은 눈썹 한 번 찡그리지 않았으며 표정의 변화 역시 없었다.

장권호 역시 아무런 표정 없이 조천천을 바라보고 있었다. 둘은 미세하게 호흡하며 내력을 가다듬고 있었다.

그들은 지금까지 꽤 긴 시간 동안 초식을 겨루었지만, 실제 두 사람은 한 호흡을 겨루었을 뿐이다. 그 시간이 오십여 초에 달할 정도로 길었으며 구경하는 무사들은 그 사실을 눈치조차 채지 못했다.

한 호흡에 오십 초가 넘는 초식을 겨룬다는 것은 절정고수라도 어려운 일이었고 상상하기도 힘든 일이었다. 그런데 두 사람은 아무런 호흡도 없이 손을 겨루었고 표정의 변화조차 없었다.

그만큼 둘의 내력이 높고 강하다는 증거였다.

슥!

반원을 그리며 도를 머리 위로 올린 조천천은 왼손을 들어 손잡이를 오른손과 함께 잡았다. 머리 위로 올린 도를 양손으로 잡은 그의 자세는 일도양단(一刀兩斷)의 자세였고 마치 도끼를 들어 장작을 패려는 동작 같았다.

"시작하지."

말이 끝남과 동시에 그의 눈에서 불꽃이 튀었으며 머리 위의 도가 강렬한 빛과 함께 땅으로 떨어졌다.

빛은 거대한 도의 모습으로 변했으며 오 장여나 떨어진

장권호의 머리 위 정수리로 정확하게 거대한 도의 그림자가 떨어져 내렸다. 마치 장권호를 양단하려는 그 모습에 모두의 눈이 커졌다.

"……!"

장권호는 급작스러운 조천천의 도강에 눈을 크게 떴다. 그가 설마하니 처음부터 내력의 소모가 극심한 도강을 펼칠 거라 생각지 못하였기 때문이다.

장권호는 안색을 굳히며 극렬한 회전과 함께 좌측으로 일 장이나 물러섰다. 극렬한 회전 속에는 그의 호신강기가 펼쳐져 있었으며 도강을 도저히 손으로 막을 수 없었기에 피한 것이다. 아무리 자신의 손이 금강불괴와 같다 하지만 조천천이 펼치는 도강을 정면으로 막게 되면 분명 크게 다칠 것이 분명했다. 상처 하나도 지금은 중요했기에 몸을 피한 것이다.

휘리릭!

강렬한 바람 소리와 함께 회전을 멈춘 장권호를 스치고 은빛 선 하나가 번개처럼 지나쳤다.

"……!"

"헉!"

모두의 표정이 놀란 듯 굳어졌으며 낮은 자세로 장권호의 허리를 베고 지나친 조천천은 천천히 신형을 세우며 몸을 돌렸다. 오 장여나 떨어진 곳에 서 있는 장권호는 굳은 표정으로 신형을 돌렸다.

장권호는 굳은 표정으로 조천천을 바라보고 있었지만 표정은 좀 전과 달리 굳어 있었다. 그의 허리 부분은 옷자락이 잘린 상태였으며 긴 혈선이 그어져 있었다.

주륵!

혈선 중 허리의 끝 부분에서 살짝 핏방울이 흘러내렸다.

"놀랍군."

장권호는 저도 모르게 중얼거리며 좀 전과 같은 자세로 비스듬히 섰다.

"자네도 놀랍네."

주륵!

말이 끝남과 동시에 조천천의 왼 귓불에서 핏방울이 또르륵 흘러내렸다. 왼손을 들어 핏물을 만진 조천천은 고개를 끄덕였다. 좀 전에 장권호의 허리를 베고 지나칠 때 당한 상처였다. 장권호의 팔꿈치가 왼 얼굴을 스치고 지나친 것이다.

그 찰나의 시간에 장권호가 공격까지 했다는 것에 놀랄 수밖에 없었다. 그리고 그 한 수가 살인적인 위력이었다는 것도 놀라운 일이었다.

조천천은 고개를 끄덕이며 도를 늘어뜨렸다. 장권호는 조천천이 도강으로 시야를 가리고 극쾌의 도법으로 허리를 베고 지나간 것에 놀라고 있었다.

피할 수가 없다는 사실을 알았기에 내력을 폭발시킨 것이다. 한순간에 내력을 폭발시키듯 일으켜 몸을 보호한 것이다. 하지만 그렇게 보호를 했어도 살이 베이고 말았다.

장권호는 반보 앞으로 나서며 말했다.

"이번엔 내가 나서지."

팟!

말과 동시에 장권호의 신형이 다시 이 보 빠르게 전진하며 일 권을 내질렀다. 그러자 휘이익! 하는 바람 소리가 일더니 강렬한 권풍이 몰아쳤다. 풍압만으로도 사람을 날려버릴 정도의 위력에 조천천은 미소를 보이며 도를 좌우로 그었다. 그러자 무형의 바람이 삽시간에 갈라져 사라졌고 장권호의 신형이 그사이 일 장 앞까지 접근해왔다.

조천천은 미미하게 고개를 끄덕이며 장권호를 중심으로 회전하듯 우측으로 몸을 움직였다. 그 순간, 조천천은 그의 귓불을 스치는 파공성에 놀라 눈을 크게 떴다. 장권호의 손이 언제 어떻게 움직였는지 못 봤기 때문이다.

팡!

허리를 숙이자 머리 위로 강한 돌덩이가 지나는 소리가 울렸다. 조천천은 회전하며 다가오는 장권호의 신형을 베었다. 다가오던 장권호가 날카로운 도기에 반 장 허공으로 떠올라 조천천의 정수리를 수도로 찍었다.

머리위에서 슈아악! 하는 날카로운 소리가 들리자 회전

과 함께 뒤로 몸을 튕기듯 일으킨 조천천은 일 장이나 물러섰고 그 자리에 칼날 같은 장권호의 수도가 횡! 하는 소리와 함께 공기를 갈랐다. 그리고 곧바로 칼날 같은 기운이 밀려오자 조천천은 도를 들어 막았다.

팍!

공기와 공기가 마주친 소리가 울렸고 조천천은 재빨리 앞으로 나섰다. 그의 앞에 다섯 개의 작은 빛이 동시에 반짝였고 장권호는 그 모습에 오른손을 앞으로 내밀며 눈을 반짝였다.

콰쾅!

처음으로 거대한 폭음이 풍운회의 연무장에서 울렸으며 사방으로 돌덩이와 흙먼지가 비산했다.

*   *   *

"……!"

지붕의 그늘에서 구경하던 서영아는 조천천의 급작스러운 도강에 놀란 듯 눈을 크게 떴다. 하지만 그게 허초였고 진짜는 그 직후의 일 초라는 것에 더더욱 놀라고 있었다.

그녀의 눈에 장권호의 허리를 스치고 지나가는 조천천의 모습이 마치 짤막하게 끊어진 형태로 진행되는 것 같았다.

핏!

은빛 선 하나가 길게 연무장을 가로질렀으며 그 속에서 조천천도 함께 움직이고 있었다. 언뜻 보기에는 장권호가 아무것도 못한 채 조천천의 일도에 허리가 양단되는 것처럼 보였다.

서영아도 자신도 모르게 그늘에서 뛰쳐나갈 뻔했고 호흡마저 흐트러질 위기였다. 하지만 그녀는 움직이지 않았다. 장권호의 신형이 흐릿하게 흔들렸기 때문이다.

'저걸 피해?'

보고도 놀라 자신에게 물었다. 도저히 피하지 못할 것이라 생각한 상황이었기 때문이다.

조천천의 도가 장권호의 허리를 베려는 찰나, 장권호는 누구도 볼 수 없을 만큼 빠르게 한 바퀴 회전하였다. 그 움직임이 너무 빨라 마치 그 자리에 멍하니 서 있는 것처럼 보였고 회전하며 팔꿈치로 조천천의 머리 쪽을 가격한 것이다.

그 찰나의 움직임 때문에 조천천의 도가 직접적으로 장권호의 허리를 베지 못하고 스친 것이다.

'정말 피한 건가?'

서영아는 자신의 눈을 의심하며 되물었다. 하지만 분명 흐릿하게 장권호의 신형이 아주 잠깐 흔들렸고 파공성도 미약하게 일어났다. 절로 식은땀이 등으로 흘러내렸다. 자신이라면 절대 피하지 못할 것 같았기 때문이다. 그것을 피한 장권호가 대단했고 안도의 한숨도 흘러나왔다.

문득 서영아는 과거의 기억이 떠올랐다. 자신도 조천천과 비슷한 초식을 장권호에게 펼친 기억이 있었기 때문이다. 처음으로 환골탈태하여 장권호를 만나 검법을 보인 날이었다.

장권호가 워낙 상대를 잘해주었었고 그날은 자신도 자신의 검법에 너무 몰입한 나머지 위험한 초식을 펼쳤었다. 그것도 물아일체(物我一體) 자연검의 상태에서 펼친 한 수였었다. 그러나 그때도 장권호는 지금과 비슷하게 막았다.

아니, 지금 자세히 보니 장권호는 그 짧은 찰나의 순간 내력을 극성으로 일으켜 유령보(幽靈步)로 피한 것이다.

그때는 당사자였기 때문에 그저 금강불괴라고만 생각했다. 하지만 지금 뒤에서 이렇게 보니 상황이 보였다. 그는 모든 걸 다 피하고 있었던 것이다! 그것은 놀라운 일이었다.

'조천천은 이번 한 수로 끝을 맺고 싶었겠지…… 하지만 뜻대로 안 됐기 때문에 분명 심적 부담감이 클 것이다.'

자신의 입장에서 생각을 해보자 문득 든 생각이었다. 이렇게 많은 수하들이 보는 앞에서 비무를 한다는 것은 분명 큰 부담감이 있을 것이다. 그 부담감을 떨쳐버리고 강한 무공을 보여주는 길은 최대한 빨리 비무를 승리로 끝내는 일이었다.

그게 막힌 것이다.

쾅!

폭음과 함께 강한 충격을 온몸으로 받으며 뒤로 물러선 조천천의 표정은 차갑게 가라앉아 있었다. 그는 도를 굳게 잡은 채 십여 장의 거리에 서 있는 장권호를 노려보았다.

장권호의 앞에는 꽤 큰 구덩이가 두 개 파여져 있었고, 그 주변으로 부서진 청석 바닥의 돌조각들이 널브러져 있었다. 사방으로 휘날리던 흙먼지가 천천히 바닥으로 가라앉았지만 둘은 여전히 강한 투기를 발산하고 있었다.

조천천의 이마로 땀방울이 흘러내렸다. 상당한 체력을 소모한 듯 보였으나 그의 호흡은 아직 흐트러지지 않은 상태였고 표정 또한 처음과 같았다. 하지만 표정과 달리 심적으로는 상당한 부담감을 느끼고 있는 상태였다.

'처음에 끝냈어야 했어……'

자신의 의도대로 일이 풀리지 않자 조천천은 가만히 어금니를 깨물어야 했다.

조천천은 일도양단의 초식으로 장권호를 끝내지 못한 것이 계속 후회로 남았다. 그때 장권호를 베었다면 이토록 부담을 느끼지도 않았을 것이다.

자신감과 확신을 가진 후, 마음먹고 펼친 한 수가 물거품이 된다면 누구라도 잠시 동안은 공황 상태에 빠질 것이다. 그다음이 보이지 않기 때문이다.

조천천도 같은 경험을 했지만 아주 짧은 순간 극복하기 위해 노력했고 유성만개(流星滿開)의 절초를 펼쳐 최대한 승기를 잡으려 했다.

하지만 쉽지 않았다. 흐트러진 내력은 쉽게 돌아오지 않기 때문이다. 무엇보다 상대는 자신의 절초를 모두 막고 있는 장권호가 아닌가? 수많은 풍운회의 수하들이 보는 앞에서 절대 패배할 수 없다는 압박감이 가슴을 뛰게 만들고 있었다.

"후읍!"

호흡을 깊게 들이마신 조천천은 천천히 내쉬며 가슴을 진정시켰다.

장권호는 쉽게 승기를 잡기는 어려울 것이라 생각했다. 하지만 조천천이 두렵거나 부담스러운 상대라고 여기지는 않았다. 물론, 쉬운 상대로도 여기지 않았다.

한 걸음씩 천천히 아주 조금씩 승기를 잡아야 한다고 생각했다. 그렇기 때문에 조심스러운 공격을 펼치고 있었다.

그런 생각을 하고 있을 때 조천천이 깊게 호흡을 하자 본능적으로 공격을 해야 할 때라는 것을 느꼈다.

쉭!

바람처럼 먼지를 뚫고 나온 장권호의 신형이 급속도로 가까워지자 눈을 부릅뜨며 강한 기운을 도에 담아 내리쳤다.

슈아악!

불꽃같은 강렬한 유형의 기운이 담긴 도날이 장권호의 우측 어깨를 잘라버릴 기세로 떨어지자 장권호는 어깨로 내려오는 조천천의 도를 무시하고 앞으로 오른손을 내밀었다.

쉭!

그의 주먹이 빠른 속도로 다가오자 조천천은 눈에 살기를 머금고 그의 어깨를 쳤다. 그 순간 장권호의 신형이 멈춰서더니 어깨를 움직여 조천천의 도를 아주 아슬아슬하게 스치듯 피했다. 그리고 그의 오른팔이 접히면서 조천천의 도날을 팔꿈치 사이로 잡았다.

"......!"

조천천의 표정이 순간적으로 굳어졌으며 그의 눈이 커졌다. 자신의 도를 설마하니 팔로 잡을 줄은 상상도 못 했기 때문이다. 지금까지 그런 상대는 만난 적도 없었으며 그렇게 무식하게 도를 잡는 사람에 대해서도 들어본 적이 없었다.

전혀 생각지도 못한 방법으로 도가 잡히자 한순간 당황할 수밖에 없었다. 그 때 쉭! 하는 소리와 함께 장권호의 왼팔이 조천천의 턱으로 날아들었다. 장권호가 기회를 놓치지 않고 턱을 노린 것이다.

조천천은 재빨리 오른손을 펼쳐 도를 놓으며 자세를 낮

추었다. 쉭! 소리와 함께 장권호의 왼손이 어깨를 스쳤고 조천천은 왼 손바닥을 뻗어 장권호의 복부를 강타했다. 그의 장이 복부에 닿는 순간 장권호는 반보 옆으로 물러났고 어쩔 수 없이 조천천의 도를 놓아야 했다.

장권호의 손이 조천천의 어깨를 스치는 동시에 장권호의 복부로 조천천이 왼 손바닥을 뻗었기에 물러서야 했다.

그때 조천천이 허공중에 순간적으로 떠 있던 자신의 도를 다시 잡으며 번개처럼 반 회전하며 장권호의 신형을 사선으로 베었다.

쉬악!

강렬한 빛과 함께 오른 어깨부터 좌측 허리로 베어오는 조천천의 도는 은빛으로 반짝였다. 장권호는 양다리를 조금 넓게 벌리더니 재빨리 양손으로 떨어지는 도를 향해 뻗었다. 도날을 양손으로 잡으려 한 것이다.

조천천은 당연히 놀랄 수밖에 없었지만 더욱 힘을 주었다. 장권호의 양손은 도날을 마치 몽둥이 잡듯 잡았다.

파팍!

"……!"

"헉!"

여기저기 놀람에 찬 소리가 흘러나왔고 조천천은 강한 힘으로 도를 장권호의 가슴으로 밀었으며 장권호는 양손으로 조천천의 도날을 잡은 채 버티고 있었다.

주륵!

조천천의 볼을 타고 땀방울이 흘러내렸다. 장권호는 굳은 표정으로 이마에 땀이 맺혀 있는 조천천의 얼굴을 노려보았다.

슥!

조천천은 왼손을 들어 도배를 잡고 눌렀다. 더욱 강한 힘으로 장권호를 압박하기 시작한 것이다.

장권호는 도날을 양손으로 잡은 상태였지만 그의 손바닥은 피 한 방울 흘러내리지 않고 있었다. 실제 그의 손바닥은 도날에 맞닿아 있는 것이 아니라 아주 약간의 공간을 두고 떨어져 있는 상태였다. 오직 바닥과 손가락의 힘으로 누리고 있는 상태였다. 하지만 그 힘만으로도 조천천의 도는 더 이상 앞으로 나가지 못했다.

웅! 웅!

두 사람의 내력이 도를 사이에 두고 부딪치자 도신이 두 사람의 내력을 견디지 못하고 소리 내어 울기 시작하며 미세하게 떨었다.

두 사람이 비무가 시작된 이후 처음으로 내력 대결을 펼친 것이다!

파팟!

풀과 작은 돌들이 그들의 주변에서 원을 그리며 사방으로 밀려나기 시작했고 강한 바람이 불자 구경하던 풍운회 무사들이 마른침을 삼키며 주먹을 굳게 쥐었다.

"장 형의 팔이 많이 떨고 있군. 너무 무리하는 게 아니오?"

조천천이 땀에 젖은 얼굴로 입술을 움직이자 장권호는 눈을 반짝였다. 그가 말을 했다는 것은 아직 여유가 있다는 증거였기 때문이다. 장권호는 미세하게 떨고 있는 자신의 양팔을 눈에 담으며 고개를 끄덕였다.

"맨손으로 도를 잡고 버티려니 쉽지가 않군."

장권호의 미소 섞인 말에 조천천은 고개를 끄덕였다. 장권호 역시 여유가 있어 보였다.

장권호가 양 손가락에 더욱 강한 힘을 주고 앞으로 밀기 시작하자 조천천의 신형이 뒤로 어른 발 크기만큼 밀려나갔다.

스슥!

땅을 끌며 뒤로 밀려난 조천천의 모습에 풍운회 무사들이 일제히 놀란 표정으로 입술을 깨물었다. 그들도 본능적으로 승부의 방향이 결정되는 중요한 대결인 것을 느끼고 있었기 때문이다.

조천천은 자신이 장권호의 내력에 밀린다는 사실에 매우 분노한 표정을 보이며 더욱 강한 힘으로 도를 눌렀다. 그의 상체가 장권호의 코앞으로 기울었으며 그의 얼굴은 장권호와 호흡 소리마저 들린 정도로 가까이 다가갔다.

바로 면전에서 두 사람은 서로 얼굴을 바라보고 있었다.

주륵!

조천천의 이마에서 다시 한 번 땀방울이 흘러내렸으며 그의 어깨가 흔들리기 시작했다. 장권호의 어깨도 조천천과 마찬가지로 미세하게 떨었다. 그의 눈동자가 차갑게 번들거렸다.

"나를 이길 수 있다고 생각했나?"

조천천의 차갑고 낮은 목소리가 장권호의 귓가로 흘러들어갔다. 장권호는 그 말에 지금까지 가두었던 자신의 내력을 폭발시키듯 일으켰다.

슈아아악!

"……!"

순간 강한 바람이 사방으로 퍼져나갔으며 그의 신형이 거대하게 커진 것 같은 착각이 일어날 정도로 매서운 투기가 연무장을 가득 메웠다.

조천천은 장권호의 본질적인 강렬한 투기를 느끼자 저도 모르게 한 발 물러섰다. 지금까지의 장권호가 보여준 물과 같은 기도가 아닌 오직 싸우기 위한 투기였다.

그것이 장권호의 본질이란 사실을 조천천은 느낄 수가 있었다. 사납게 번들거리는 장권호의 차가운 눈동자가 마치 금방이라도 조천천을 잡아먹을 듯 노려보았다. 장백삼공 중 중삼공의 초환공(超換功)을 펼친 것이다.

거대한 맹수가 살기를 드러내고 서 있는 그 모습에 풍운회의 무사들조차 저도 모르게 마른침을 삼켰다.

장권호는 매서운 눈빛으로 금방이라도 상대를 죽일 듯한 기세를 보이며 조천천에게 아주 낮고 작은 목소리로 입을 열었다.

"내가 너를 이기고자 이렇게 비무를 한다고 생각했나?"

"……!"

조천천은 장권호가 말과 함께 한 발 나서자 저도 모르게 뒤로 밀려나갔다. 무엇보다 장권호의 말이 귀에 박혔다. 또한 조천천은 사납게 요동치는 그의 투기를 온몸으로 받아야 했다.

장권호가 눈을 반짝이며 아주 낮은 음성으로 다시 말했다.

"네 명성은 내가 가져가지."

"……!"

조천천의 눈동자가 커지는 순간 장권호의 양손에서 강한 힘이 뻗어 나왔다.

쾅!

"큭!"

강렬한 폭음과 함께 조천천의 신형이 뒤로 오 장여나 밀려나갔다.

"헉!"

"회주님!"

여기저기서 놀란 음성이 터져 나왔으며 금방이라도 뛰쳐 나올 듯 병장기 집어 드는 소리가 메아리처럼 울렸다.

"쿨럭!"

기침과 함께 고개를 든 조천천은 강렬한 투기를 발산하며 장권호를 노려보았다. 그는 곧 도를 들어 올리며 차갑게 말했다.

"나는 강북무림을 이끌고 있는 풍운회의 회주다. 그런 내가 쉽게 무너질 것 같았나? 내 목숨이 다한다 해도 나는 무너지지 않는다."

장권호의 강한 투기에도 절대 물러서지 않는 조천천이었다. 그의 철벽같은 모습에 장권호는 미미하게 고개를 끄덕이며 물었다.

"할 말은 그것뿐인가?"

장권호의 물음에 조천천은 대답 없이 내력을 극성으로 끌어모았다. 그러자 장권호가 다시 말했다.

"더 이상 할 말은 없는 모양이군? 그렇다면 그 자존심까지 내가 가져가지."

핑!

장권호의 신형이 말이 끝남과 동시에 사라졌다.

"……!"

"헉!"

수많은 사람이 지켜보는 와중에 사라진 장권호는 어느새 환영처럼 조천천의 우측에 모습을 보였다. 소리 없는 그의 좌권이 조천천의 허리를 위로 올려치듯 가격해왔다.

　놀란 조천천은 재빠르게 도면으로 허리를 막으며 자세를 낮추었다. 최대한의 충격을 완화하기 위해서다.

　쾅!

　"큭!"

　폭음과 함께 조천천의 신형이 허공으로 삼 장여나 솟구쳤다. 조천천은 밀려오는 충격에 놀라 절로 인상을 찌푸렸다. 그리고 재빨리 허공중에 몸을 회전시킴과 동시에 땅으로 내려왔다.

　도면을 넘어 허리로 들어오는 충격은 순간적으로 숨을 멈추게 할 정도로 강렬했으며 큰 고통을 남겼다. 무엇보다 내부에서 뼈가 부러지는 소리가 울렸다.

　'부러졌나?'

　조천천은 오른 허리를 손으로 잡으며 인상을 찌푸렸다. 그 순간 장권호의 신형이 폭풍 같은 기세로 날아들었다. 거대한 짐승이 달려오는 듯한 그 기세에 조천천은 어금니를 깨물며 앞으로 나섰다. 그의 도가 강렬한 빛과 함께 거대한 도의 그림자를 만들며 날아들자 장권호는 기다렸다는 듯이 도의 그림자 속으로 주저 없이 다가갔다.

　쾅! 소리와 함께 조천천의 도강이 순간적으로 사라졌고

장권호의 오른손은 조천천의 도를 맨손으로 잡았다. 조천천은 장권호가 도를 잡자 양손으로 더욱 강한 힘을 주어 장권호의 손을 자르겠다는 듯 움직였다. 그 순간 장권호가 도를 놓으며 재빨리 우측으로 몸을 움직여 조천천의 왼 허리를 팔꿈치로 찍었다.

퍽!

"크억!"

조천천이 신음을 내뱉으며 뒤로 밀려나갔다. 하지만 신형을 멈춘 순간 조천천은 장권호가 다가오는 것을 느끼고 재빨리 반 장 정도 뛰어오르며 자신의 절초인 유성낙화(流星落花)의 초식을 펼쳤다.

슈아악!

십여 개의 도강이 강렬한 빛과 함께 마치 막대기 같은 모습으로 장권호를 덮쳤다. 장권호는 조천천이 좌우 허리의 갈비뼈가 부러진 상태에서도 도강을 펼치자 상당히 놀라고 있었다. 하지만 지금의 상승세를 멈출 생각이 없었다.

장권호는 도강을 뚫고 들어가 오른손을 뻗으며 극성으로 올린 삼쇄공의 기운을 손에 담고 조천천의 도를 맨손으로 다시 한 번 잡았다.

팍!

공기의 파공성이 크게 울리고, 장권호가 다시 한 번 도를 잡자 조천천이 펼친 유성낙화의 도강이 삽시간에 사라졌

다. 조천천은 다시 한 번 눈을 부릅떠야 했다. 자신의 유성
낙화를 이토록 쉽게 파훼당한 일은 처음 겪었기 때문이다.
무엇보다 더 놀랄 일은 그다음에 일어났다.

쩡!

도날을 손에 쥔 장권호의 손에 힘이 들어가자 조천천의
도가 금이 가더니 반으로 부러졌다. 그 상황에 놀라지 않을
사람은 어디에도 없을 것이다. 조천천은 놀랄 틈도 없었다.
복부를 파고드는 장권호의 장영 때문이다.

쾅!

폭음과 함께 위로 솟구친 조천천은 처음으로 느껴보는
고통에 눈을 부릅떠야 했다. 그 때 머리 위로 장권호의 신
형이 나타났다. 조천천은 정신없는 가운데 부러진 도를 들
어 안면을 막았다. 하지만 장권호의 주먹은 조천천의 복부
를 가볍게 때렸다.

퍽!

"큭!"

조천천의 신형이 힘없이 바닥으로 떨어지더니 십여 바퀴
돌면서 신형을 바로 세웠다. 하지만 그의 전신은 땀에 젖었
으며, 머리카락은 헝클어져 있었고, 부러진 도는 힘없이 손
안에 들려 있었다.

"우욱!"

조천천은 목 위로 솟구쳐 올라온 핏물을 억지로 삼켰다.

수하들이 보는 앞에서 피를 토하는 모습을 보여줄 수 없었기 때문이다. 그로 인해 그의 안색은 더욱 파리하게 변하였고 심각한 내상을 입은 듯 눈동자가 붉게 물들어 갔다. 눈의 핏줄마저 터진 것이다.

"큭!"

가슴을 부여잡은 조천천은 순간적으로 중심을 잃고 비틀거리며 한쪽 무릎을 바닥에 꿇었다. 그 순간 놀람에 찬 탄식이 사방에서 터져 나왔다.

누가 보더라도 조천천은 금방 쓰러질 것처럼 보였다. 하지만 조천천은 다리에 힘을 주며 다시 일어섰다. 비틀거리며 일어서는 그의 모습이 어찌 보면 안타깝게 느껴질 정도였다. 하지만 조천천은 여전히 강인한 눈빛으로 장권호를 노려보고 있었다.

"아직 끝난 게 아니야."

조천천은 부러진 도를 들어 올리며 낮게 중얼거렸다. 그의 목소리가 잔잔한 파도처럼 장권호의 귓가에 들려왔다. 장권호는 그 말에 고개를 끄덕이며 다시 한 발 앞으로 나섰다.

그 때 조선약이 앞으로 달려오며 외쳤다.

"멈추세요!"

조선약은 충혈된 눈으로 달려와 조천천의 앞을 가로막았다. 그녀의 급작스러운 행동에 모두들 놀란 표정을 보였다. 비무가 아직 끝나지도 않은 상태인데 중간에 끼어들자 모두 놀란 것이다.

그녀의 행동은 강호의 법도에 어긋나는 행동이었고 지탄을 받아 마땅한 행동이었다. 하지만 아무도 그녀를 탓하는 사람이 없었다.

"당신이 이겼어요. 그러니 이제 그만해요."

조선약의 말에 조천천이 눈에 힘을 주며 그녀의 어깨를 힘 있게 잡았다.

"비켜. 나는 아직 쓰러지지 않았다."

그의 굵은 목소리가 울렸지만 조선약은 고개를 저었다. 장권호는 그런 조선약의 모습을 가만히 바라보았다.

비무를 방해한 것은 분명 그녀의 잘못이지만 서로 아끼는 남매의 모습은 참 보기 좋았다. 그렇기 때문에 특별히 화가 나지는 않았다.

슥!

소리 없이 조천천의 옆으로 강청도가 모습을 보였다. 그는 조선약과 마찬가지로 조천천의 앞을 막으며 섰다.

"회주님은 이미 크게 다치셨네. 염치없지만 이만해주면 좋겠네."

강청도가 나서자 장로들이 그 뒤를 따라 조천천의 앞을 막았다. 그 모습에 조천천은 저도 모르게 전신을 떨어야 했다. 그러자 풍운회의 간부들도 조천천을 중심으로 모여들었다.

조천천은 아직 끝난 게 아니기 때문에 비키라고 소리치려 했다. 하지만 자신을 위해 모여 있는 수하들의 모습에 목이 멘 듯 목소리가 흘러나오지 않았다.

간부들까지 조천천을 둘러싸자 연무장의 외곽에 서 있던 수많은 풍운회 무사가 일제히 조천천을 중심으로 모여들었다. 그들은 학익진을 펼치며 장권호를 향해 뜨거운 시선을 던졌다. 그들 가운데 자청운이 앞으로 한 발 나섰다.

그는 상당히 굳은 표정이었고 미미하게 전신을 떨고 있었다. 곧 그는 어렵게 입을 열었다.

"풍운회는 오늘의 비무를 기억할 것이네."

그의 말에 장권호는 가만히 서서 풍운회의 수많은 무사들을 천천히 둘러보았다.

그들은 모두 복잡한 눈빛을 던졌고, 강한 투기와 분노도 보여주고 있었다.

그런 그들의 모습을 한 번 둘러본 장권호는 자청운과 조선약을 한 번 본 후 고개를 끄덕였다. 곧 장권호는 말없이 신형을 돌렸다.

제4장

용기 있는 선택

　풍운회주와 장권호의 비무는 삽시간에 전 강호로 퍼져나
갔다. 그들의 대결에 대해선 자세히 알려진 것은 없지만 경
천동지할 대결이었고, 결국 온전한 모습으로 걸어 나온 사
람은 장권호였으며 그가 승리했다고 하였다.

　그로 인해 장권호의 명성은 하늘높이 솟구쳤고 전 강호
에서 그를 모르는 사람은 없을 정도로 유명 인사가 되어버
렸다.

　사람들은 그를 북풍(北風)이라고도 불렀고, 무객(武客)이
라고도 불렀다.

　북풍(北風) 무객(武客) 장권호

삽시간에 강호의 유명 인사가 되었지만 그를 좋아하고 응원하는 사람은 몇 없었다. 오히려 그가 이겼다는 사실에 한탄하는 사람들이 더욱 많았으며 그의 무공을 애써 무시하려는 사람들도 있었다. 그가 중원이 아닌 장백파 소속이었기 때문이다.

항주성 외곽의 고산장의 별원에 자리한 작은 별채는 창문을 활짝 열어놓은 상태였다. 열린 창문으로 들어오는 바람이 시원하게 별채의 방 안을 맴돌다 반대편의 창문으로 빠져나갔다.

마치 길 잃은 나비가 길을 찾아 가듯 움직이는 바람의 시원함은 안에 앉은 두 사람의 입가에 부드러운 미소를 가져다주었다.

마주 앉은 두 사람은 청색 경장의를 입은 청년과 고풍스러운 선비 옷을 입은 반백의 중년인이었다. 두 사람은 중앙에 놓인 바둑판을 바라보고 있었다. 시작한 지 얼마 안 된 듯 바둑판 위에는 돌들이 몇 개 없었다.

탁!

백돌을 좌변의 점에 내려놓은 중년인은 가만히 수염을 쓰다듬으며 청년의 손이 움직이는 곳을 쳐다보았다. 좌륵거리는 소리와 함께 흑돌을 손에 쥔 청년은 천천히 중년인이 놓은 자리 바로 옆에 돌을 내려놓았다.

중년인이 옆에 놓인 차를 한 모금 마신 후 백돌을 손에 집었다.

"천주는 요즘 강호에서 들려오는 소문을 듣고 있는가?"

둘은 삼도천의 천주 유영천과 임이영이었다. 임이영정도 되는 인물이었기에 유영천을 편하게 대할 수가 있었다.

"강호의 소문이라니요? 특별한 소문이라도 있습니까?"

유영천이 궁금한 얼굴로 묻자 임이영은 바둑판을 바라보며 조금 망설이는 표정으로 고개를 끄덕였다. 그는 백돌을 마땅히 어디에 두어야 할지 고민하는 듯 보였다.

"특별한 소문이 있지."

"무엇입니까?"

"북풍에 관한 건데 천주도 흥미 있어 할 거 같네."

좌변에 돌을 놓으며 미소를 보인 임이영은 지그시 유영천을 바라보았다. 유영천은 고개를 끄덕이며 망설임 없이 흑돌을 들어 그 옆에 두었다.

"북풍이면 권호의 이야기인데 강호에 다시 모습을 보인 모양이군요?"

"그렇지. 그런데 그 친구가 참 흥미 있는 말을 했다고 하더군."

"어떤 말입니까?"

"무적명의 이름을 가져가겠다고 했다네."

"오호…… 정말 흥미로운 말이군요."

유영천은 임이영의 말을 대수롭지 않게 여기는 듯 선선히 고개를 끄덕이며 바둑에 집중하는 모습을 보였다. 임이영은 백돌을 손에 쥐며 다시 말했다.

"얼마 전 풍운회주를 이긴 모양이네."

임이영은 그 말에 당연하다는 듯 미소를 보였다.

"풍운회주로는 북풍의 매서운 바람을 막기 어렵지요."

"그렇지. 내가 봐도 풍운회주로는 북풍의 차가운 바람을 막을 수는 없어 보이네."

임이영도 유영천의 말에 동의했다. 임이영은 백돌을 좀 전에 둔 좌변의 옆에 두었다. 유영천이 돌을 놓은 곳 바로 옆이었고 유영천은 그 모습에 턱을 쓰다듬으며 고개를 끄덕였다.

"그런데 나를 이기겠다고 호언장담하다니 꽤나 자신이 있는 모양입니다."

"천주는 걱정도 안 되는 모양이군?"

"특별히 걱정할 정도는 아니지요. 그저 제 자신을 믿을 뿐입니다."

유영천이 미소를 보이자 임이영도 고개를 끄덕였다. 유영천은 다시 좀 전에 임이영이 놓았던 자리 옆에 돌을 놓았다. 좌변에서 서서히 싸움이 시작되는 전운이 흐르는 듯 보였다.

"그런데 다음 상대는 누구로 보이는가? 무적명의 이름을 가져가려면 꽤나 고생을 해야 할 텐데…… 거기다 풍운회주를 이겼으니 마땅히 상대할 만한 사람이 있겠나?"

"십대고수를 모두 상대하지 않겠습니까?"

유영천의 말에 임이영은 눈을 반짝였다. 십대고수에는 자신도 포함되기 때문이다.

"그럴지도 모르겠군요."

"십대고수를 모두 이기면서 제게 올 겁니다. 물론 선배님의 앞에 나타날지도 모르지요."

"이거 걱정이군. 난 천주와 달리 나 자신을 믿을 수가 없어서 말이야……."

"하하하하!"

유영천이 괜스레 호들갑을 떠는 듯한 임이영의 모습에 크게 웃었다. 은근히 기대하면서 마치 보기 싫다는 듯 투정 부리는 것 같았기 때문이다.

"권호와는 한번 제대로 무공을 겨루고 싶지 않았습니까?"

"그러고는 싶은데…… 세인들의 관심이 많아졌으니 그게 걱정이군. 남들 입에 오르내리는 일은 사실 피하고 싶네."

"좀 오르면 어떻습니까? 오랜만에 선배님의 이름을 강호인들이 불러주는 것도 꽤나 즐거운 일이지요."

유영천의 말에 임이영은 고개를 저으며 수염을 쓰다듬었

다. 그의 시선은 여전히 바둑판을 향하고 있었다.

"그런데 다음은 어디로 갈 것 같나?"

"음…… 개봉의 풍운회에 들렀다면 대파산 쪽으로 가지 않겠습니까?"

그 말에 임이영은 자신도 그럴 거란 생각이 문득 들었다. 대파산에는 명성 높은 무인이 한 명 살고 있기 때문이다.

"신창(神槍)이군."

"신창이지요."

임이영의 말에 유영천이 미소를 보였다.

대파산을 넘어 무한으로 가는 길목에 자리한 송현은 조용하고 경관이 아름다운 마을이었다. 그 마을의 외곽에는 이 마을의 유지인 국선장(菊善莊)이 자리를 잡고 있었다.

마을에서 가장 큰 정문에 높은 담장이 사방으로 길게 뻗어 있는 장원의 담장 너머로 수십 개의 지붕들이 즐비하게 늘어선 것이 보였다.

활짝 열린 정문으로는 꽤나 많은 사람들이 오갔다. 그들은 장원에서 일을 하는 일꾼들과 그 근방 수백 리의 차밭과 유채밭에서 일을 하는 사람들이었다.

일꾼들 사이로 도포 차림에 반백 머리를 한 중년인이 천천히 안으로 들어갔다. 중년인의 어깨에는 장검이 걸려 있었고 검집에 수놓아진 소나무가 인상적이었다.

중년인은 천천히 안으로 들어가 안내인의 안내를 받으며 뒤쪽 별채로 갔다. 그가 별채에 들어가 앉아 있자 얼마 지나지 않아 반백에 조금 큰 덩치를 한 중년인이 모습을 보였다. 그는 상당히 강인한 눈매를 지닌 인물로 중년 도장의 부드러운 눈빛과는 사뭇 반대되는 듯 보였다.

"어서 오시게, 청영 도장."

"오랜만이오."

덩치 좋은 중년인이 안으로 들어서자 도사가 자리에서 일어섰다. 둘은 인사를 나누었다. 도사는 청영 도장이란 이름으로 불리는 사람이었다. 그를 편하게 부른 이곳 국선장의 장주이자 강호에서도 이름 높은 곡필은 웃음을 보이며 자리에 앉았다.

"이렇게 반가운 손님이 오셨으니 술판이라도 벌여야 하는데 도사라 아쉽군 그래."

"술을 끊은 지 벌써 삼십 년이니 나를 유혹에 빠뜨리지 마시오."

청영 도장의 말에 곡필은 웃음을 보이며 시비들을 시켜 차와 다과를 차려놓게 하였다. 얼마 지나지 않아 다과상이 차려졌고 곡필은 청영 도장의 앞에 차를 따르며 말했다.

"그런데 무당파의 이름 높은 도장께서 우리 집에는 어인 일인가?"

"강호에 재미있는 소문이 있어서 잠시 내려온 것뿐이오."

"재미있는?"

"북풍에 관한 소문이오."

청영 도장의 말에 곡필은 요 근래 요동치는 장권호의 이름을 떠올렸다.

"그자의 소문이 요즘 사람들의 입에 자주 오르내리더군. 그래 그자를 만나보려는 생각인가?"

"만나고 싶기 때문에 여기로 온 것이오."

"그건 무슨 말인가?"

곡필이 잘 모르겠다는 표정으로 묻자 청영 도장이 미소를 보였다.

"풍운회주를 이겼으니 다음은 여기가 아니겠소이까? 강호의 큰 구경거리를 놓치면 안 될 것 같아 온 것이오."

곡필은 그 말에 미미하게 고개를 끄덕였다.

"나를 찾아온다면 성대히 환영을 해줘야겠네. 그자 때문에 평소에도 보기 힘든 도장의 얼굴을 보게 되었으니 말일세."

"내 얼굴이 그렇게 보기 힘들 정도였소? 나는 그래도 자주 온다고 생각을 했는데 서운하오."

청영 도장의 말에 곡필이 크게 웃으며 손을 저었다.

"아니네, 아니야. 하하하하!"

곡필의 웃음에 청영 도장도 웃으며 일상적인 대화를 하기 시작했다. 이렇게 소소하게 시간을 보내는 것도 그들에게는 즐거운 일이 분명했다.

한참 즐겁게 대화하던 그들은 곧 화제를 바꾸었다. 먼저 화제를 바꾸며 이야기를 꺼낸 사람은 청영 도장이었다.

"그나저나 장권호 때문에 무당산도 꽤나 시끄럽소이다."

"무당파만 시끄럽겠나? 소림도 꽤나 신경 쓴다고 들었네."

"그렇겠지요."

청영 도장이 그 말에 고개를 끄덕였다. 곡필이 다시 말했다.

"아무래도 중원무림의 자존심이 걸린 일이니 더욱 신경이 쓰이겠지."

"풍운회주가 패했으니 이제 강북에선 곡 형만 남았구려?"

"그렇게 되는 건가? 하하하하!"

곡필은 청영 도장의 말에 다시 한 번 크게 웃었다. 무당파의 청영 도장이 자신을 인정해주는 말이었기에 기분이 나쁘지는 않았다.

"그런데 그자가 나를 찾아올 거란 확신이라도 있는 모양이네?"

"무적명의 이름을 가져가겠다고 했으니 중원무림의 고수들은 모두 만나려 하겠지요. 그렇다면 언젠가는 오지 않겠소이까?"

"언젠가는……이라, 장백파의 무공을 구경하는 일도 나쁘지는 않겠지."

곡필은 가만히 중얼거리며 고개를 끄덕였다. 청영 도장이 다시 말했다.

"과거 무림맹이 존재했을 당시에는 천하제일 무림대회가 있어서 무림인들의 축제가 있었는데, 아무래도 천하제일을 가리는 무림대회다 보니 강호의 명성을 그 대회에서 얻게 되었죠. 그리고 대회가 곧 무림의 서열이 되어버리다 보니 회가 거듭 할수록 비리가 많아지게 되었지요. 결국 시간이 갈수록 비리의 온상이 되어버리자 사라지긴 했지만 처음에는 순수하게 무학(武學)의 탐구하는 축제였지요."

"그랬지…… 무림맹도 그렇지 않았던가? 무림맹이 사라진 이유도 인간의 탐욕과 욕망 때문에 그런 것이지."

곡필이 청영의 말에 동의하며 말했다. 곡필은 다시 말했다.

"소문만으로 북풍을 평가할 수는 없지만 분명 강한 고수가 분명하네. 과거 귀문주를 이겼지 않은가? 거기다 풍운 회주가 아무리 젊은 고수라 하나 그 역시 강북무림의 패자가 아닌가? 그런 자를 이겼다는 것은 곧 천하제일이 될 자격이 있는 충분한 고수라는 뜻이네. 그런 고수와 무를 겨룬다는 것은 참으로 즐거운 일이겠지."

"곡 형도 천하를 논할 고수라고 생각하오."

청영의 말에 곡필은 가만히 미소를 보였다. 그도 한때는 천하제일이 되고자 노력했던 기억이 있었기 때문이다.

곡필은 곧 가만히 고개를 저으며 말했다.

"천하제일을 노렸지만 결국 될 수가 없지 않았나? 무적명은 분명 하늘이 내려준 사람이네. 범인이 아무리 노력을 해도 하늘이 내려준 사람을 이기는 일은 불가능하지 않은가?"

곡필의 말에 청영은 그저 담담한 표정으로 미소만 보일 뿐이었다. 그때 다가오는 발소리가 들리자 곡필이 살짝 미간을 찌푸렸다.

청영과 만나고 있었기 때문에 아무도 오지 말라는 당부를 했었기 때문이다.

"장주님."

"잠시 쉰다고 했거늘…… 그래 무슨 일인가?"

곡필은 다가온 사람이 자신의 아들인 곡원이라는 것에 찌푸린 미간을 피며 물었다. 곡원은 현재 장원의 총관으로 장원 내의 대소사를 주관하고 있었다.

"손님이 오셨습니다."

"손님?"

"예."

곡원의 대답에 곡필은 곡원이 이렇게 직접 그것도 중요한 손님을 만나고 있는 자리까지 찾아와 알려줄 손님이 있는지 생각했다. 하지만 딱히 떠오르는 인물은 없었다.

"그래 누군가?"

"장권호라 하였습니다."

"……!"

곡필과 청영의 눈이 커졌다. 곧 청영이 소리 내어 웃었다.

"하하하하! 것 보시오. 내 찾아올 거라 하지 않았소?"

청영의 말에 곡필은 저도 모르게 크게 웃었다.

"하하하! 이거 도장의 눈은 이제 미래까지 보는 것 같네. 점집을 차려도 되겠어. 하하!"

곡필이 크게 웃은 후 곡원에게 말했다.

"방을 안내하고 오랜 여행을 하였을 터이니 푹 쉬라 전하거라. 나는 내일 찾아가야겠구나."

"알겠습니다."

곡원은 대답 후 천천히 밖으로 나갔다. 하지만 얼마 뒤 다시 나타난 그의 손에는 비무첩이 들려 있었다. 곡필은 비무첩을 손에 쥐고 미소를 보였다.

*　　　*　　　*

"도대체 언제까지 따라다닐 생각이에요?"

"강호의 경사를 세상에 알리는 일이 나의 사명이자 내가 받은 방주님의 명령이라 나도 어쩔 수가 없소이다."

서영아는 뒤에서 졸졸 따라오는 소정명의 모습에 아미를 찌푸렸다. 개방을 벗어나자 어디서 나타났는지 모르게 소정명이 뒤를 따라왔기 때문이다. 처음에는 말없이 그저 뒤만 따라오던 그가 언제부턴가 마치 일행처럼 달라붙어왔다.

서영아에게는 눈엣가시 같은 존재로 장권호와 둘이서 강호를 여행하는 자신의 꿈을 방해하는 사람이었다. 그나마 다행이라면 서영아의 등살에 몸은 씻고 다닌다는 점이었다.

장권호는 둘의 모습에 미소를 보이다 소정명에게 말했다.

"오늘 일도 빨리 개방에 알려야 하지 않겠나?"

"아! 그렇지. 그럼 나는 잠시 볼일 좀 보고 올 테니 다른 곳으로 사라지지 마시오."

"사라진다 해도 어차피 기일이 되면 나타날 테니 걱정하지 말게."

소정명은 장권호의 말에 웃으며 빠른 걸음으로 대로를 가로질러 사라져갔다. 그가 사라지자 장권호는 마을 중앙에 자리한 객잔에 방을 구해 들어가 쉬었다.

창밖으로 한산해 보이는 마을의 전경을 바라보던 서영아가 말했다.

"이곳도 얼마 후면 많은 무림인들로 북적거리겠네요."

"그럴지도 모르지."

"오라버니의 생각이 이거였다니 좀 놀라워요."

"그래?"

장권호가 서영아의 말에 눈을 크게 뜨자 서영아가 다시 말했다.

"개방을 이용해 강호에 소문을 뿌리고 피할 수 없는 비무를 만들겠다는 뜻이잖아요? 거기다 비무에서 이기면 강호의 화제가 될 것이고 명성을 얻게 되고 하나씩 하나씩 무적명에 가까워지겠지요."

"그것뿐만 아니라 다른 이유도 있지. 그게 뭘까?"

장권호가 재미있는 표정을 보이며 묻자 서영아가 생각하는 표정을 보이다 대답했다.

"피할 수 없는 비무와 명성…… 무공을 겨룬다는 명분이 있으니 적도 없겠군요. 원한 관계를 없애려는 의도도 포함된 것인가요?"

"그렇지."

장권호는 고개를 끄덕이다 다시 말했다.

"전에 강호에 나와 경험을 해보니 가장 힘들고 어려운 일이 바로 원한이더군. 그 원한에는 나도 포함되어 있다. 나역시 원한이란 감정이 아니었다면 강호에 나오는 일도 없었겠지. 그리고 그 원한의 짐을 모두 가져가기 위해 다시 나왔지. 그런데 나만 과연 원한이 있는 것일까? 나와 싸웠던

많은 사람들도 분명 내게 원한이 있을 거야. 그들의 원한을 모두 감당해야 하는데 인간의 삶이란 그리 길지 않아…… 아마 내가 쌓은 원한은 장백파가 짊어지게 되겠지. 그런데 과연 그 원한의 짐을 장백파가 감당할 수 있을까? 그건…… 나도 잘 모르겠구나."

장권호의 말에 서영아는 그가 먼 미래까지 생각한다는 것을 알았다.

"잘 견딜 거라 생각해요."

서영아는 태연한 표정으로 안심하라는 듯 대답했다. 장권호는 고개를 끄덕였다.

"견디겠지."

장권호는 짧게 말한 후 평온한 표정으로 차를 마셨다.

장권호와 서영아의 예상처럼 신창 곡필과 장권호의 비무 소식이 성난 태풍처럼 전 강호에 퍼져나갔고, 송현으로 수많은 강호 무림인이 모여들기 시작했다. 그들은 소문을 듣고 찾아온 사람들이었으나 국선장에는 들어가지 못하였기에 그 인근 마을들이나 성에 머물면서 비무 날짜를 기다리고 있었다.

장권호는 방 안에서 거의 밖으로 나오는 일이 없었다. 그의 얼굴을 알고 있는 사람들이 있을 경우 상당히 귀찮아질 게 분명했기 때문이다.

국선장은 때아닌 손님들의 방문에 몸살을 앓고 있었다. 국선장의 입구에는 매일같이 수많은 무림인이 몰려들었고, 문을 열면 막무가내로 들어가려는 사람들로 몸싸움까지 일어나곤 했다.

결국 국선장의 정문은 굳게 닫혔고 특별한 일이 없는 이상은 열리지 않았다. 그 특별한 일이란 국선장에서도 거절하기 힘든 손님들의 방문이었다.

두두두두!

십여 마리의 말들이 국선장의 정문으로 달려오다 사람들이 모여 있자 가장 앞에 말을 타고 있던 청년의 인상이 찌푸려졌다.

"풍운회다."

그들의 가슴에 풍(風) 자가 쓰여 있었기에 사람들이 소란스럽게 떠들기 시작했다. 그리고 풍운회의 방문에 국선장의 정문이 열렸으며 그들은 말에서 내려 천천히 안으로 들어갔다.

회의실에는 총관인 곡원과 장주인 곡필이 앉아 있었고 그 옆에 풍운회에서 나온 노린이 앉아 있었다.

"회주님은 건강하신가?"

"아직 회복 중입니다."

노린의 대답에 곡필은 고개를 끄덕였다. 풍운회주 같은

고수가 초죽음이 될 정도로 깨졌다는 소문은 들어서 알았지만 그 정도가 심하다는 것을 알 수 있었다.

"그런데 풍운회에서 무슨 일로 왔나?"

"장권호의 무공에 대해 잘 모르시는 것 같아 알리기 위해 왔습니다."

"자네는 비무를 본 모양이군?"

곡필이 묻자 노린은 고개를 끄덕였다.

"그렇습니다. 저뿐만 아니라 저희 풍운회의 모든 무사들이 다 보았습니다."

말을 하는 노린의 눈빛은 차갑게 번뜩였고 지금 생각해도 분한 듯 주먹을 쥔 손이 미미하게 떨고 있었다. 그 모습에 곡필은 수염을 쓰다듬었다.

"장권호의 무공이라……."

곡필은 장권호와 비무를 하기도 전에 다른 사람에게서 장권호의 정보를 듣는 것이 썩 내키지는 않았다. 직접 눈으로 보는 것이 더 낫다고 생각했기 때문이다.

"장주님의 무공은 강호에 상당히 알려진 상태입니다. 하지만 장권호의 무공은 거의 알려진 게 없지요. 그러니 장권호의 무공에 대해 눈으로 직접 본 노 당주의 의견을 듣는 것도 나쁘지는 않을 것 같습니다."

곡원의 말에 다시 생각을 해보니 나쁘지는 않을 것 같았다.

"하긴…… 적은 알려진 게 없는데 나는 알려진 게 많으니…… 비무를 하기도 전에 내가 한 수 접고 들어가는 것이로군."

곡필의 말에 노린이 말했다.

"거기다 장권호는 중원 사람이 아닌 고려 사람입니다. 이민족이지요. 선배님께서 이기셔야 합니다."

"내가 질 것 같은 모양이군?"

"절대 그런 뜻으로 한 말은 아닙니다. 단지 장권호의 무공이 소문보다 더 대단하기에 드린 말씀입니다."

곡필의 말에 노린이 정색하며 다시 말했다. 곡필은 그의 말에 고개를 끄덕였다. 자신을 무시하는 말이 아니란 것을 알기 때문이다.

"그런데 풍운회에서 다른 사람도 아닌 노 당주가 온 이유는 무엇인가? 장권호의 무공을 보았다면 자네 말고 다른 사람도 있을 텐데 굳이 자네가 온 이유가 궁금하군."

"제가 아무래도 눈이 좋다 보니 자 총관께서 저를 보냈습니다."

"확실히 자네의 무공은 비도였지…… 그래 비도술을 익힌 자라면 다른 사람에 비해 안력이 뛰어나겠지."

곡필은 노린의 비섬음도(飛閃飮刀)라는 별호를 떠올리며 풍운회에서 다른 사람도 아닌 그가 온 이유를 이해했다. 확실히 그라면 장권호와 조천천의 비무에서 다른 사람들 보다 더 많은 것을 보았을 것이 분명했기 때문이다.

"장권호의 무공은 어떠했나?"

곡필이 묻자 노린이 고개를 끄덕이며 대답했다.

"자세하게 설명을 드리려면 시간이 걸릴 겁니다. 일단 간단하게 말씀드리면, 금강불괴와 같은 육체를 지녔습니다. 그러니 도검으로는 상처 하나 입히지 못합니다. 거기다 강기 무공은 거의 통하지 않으며 맨손으로 회주님의 도를 부러뜨린 인물입니다."

"무적이군."

곡필이 노린의 설명에 낮은 음성으로 말했다. 노린은 곧 품에서 종이를 꺼내더니 탁자 위에 펼쳤다. 그러자 곡필의 눈이 반짝였다. 넓은 종이에는 수백 개의 발자국이 빼곡하게 그려져 있었기 때문이다. 그것이 무엇인지 곡필은 잘 알고 있었다.

"장권호가 연무장에 남긴 족적을 최대한 놓치지 않고 그려본 것입니다. 더욱 많은데 아쉽게도 연무장이 파괴된 부분이 있어 그 부분의 족적은 찾지 못하였습니다."

"대단하군."

곡필이 정말 놀랍다는 표정으로 고개를 끄덕였다. 보기에는 그저 아무렇게나 움직이는 발의 모습 같지만 비무를 앞둔 곡필에게는 귀중한 보물 같은 정보였다.

그림만 보아도 곡필은 장권호가 어떻게 움직이는지 눈에

보이는 듯했다. 어지러이 널려있는 족적은 분명 일정한 흐름이 있었고 그 시작과 끝을 찾으면 분명 길이 보일 것이다.

"자 총관께서 이걸 선배님께 전하면 분명 큰 도움이 될 거라 하셨습니다."

노린의 말에 곡필은 수염을 쓰다듬으며 눈을 반짝였다.

"큰 도움이 되고말고. 암…… 정말 고맙군."

잠시 그림을 보던 곡필이 천천히 다시 말했다.

"아무래도 내 방에서 연구를 좀 해봐야겠네. 자네는 편히 쉬게."

"예."

노린의 대답에 곡필은 종이를 들고 일어나 자신의 방으로 향했다.

밤새 노린이 건넨 족적을 조사하던 곡필은 이른 아침부터 둘째 아들인 곡위를 불러 함께 연구하였고 노린도 불려가 장권호의 무공에 대해 토론하기 시작했다.

곡위는 발자국을 그대로 답습하며 자세를 잡았고 노린이 교정해주는 식으로 해서 장권호의 무공이 어떤 움직임을 가졌는지 파악했다. 시간이 흐르자 곡원도 나타났고 청영도장도 모습을 보였다. 그렇게 오 일이 흘러갔다.

와장창!

"허억"

갑작스럽게 주루의 탁자 위로 사람이 쓰러지며 음식과 접시들이 깨졌다. 그 옆에는 씩씩거리며 일어선 십 대 후반의 여자가 있었고 젊은 무사들도 있었다. 그녀는 젊은 무사들에게 봉을 휘둘렀다. 그녀의 봉이 호선을 그리며 번개처럼 두 무사의 가슴을 찍었다.

퍼퍽!

당연하게도 가슴을 찍힌 무사들이 숨이 턱 막히는 고통과 함께 쓰러졌다.

"그만해라."

그녀는 옆에서 들리는 목소리에 인상을 찌푸렸다.

"저놈들이 할아버지가 질 거라고 하잖아요! 그런데 어떻게 그만둬요."

귀엽게 생긴 십 대 후반 정도 되는 소녀의 목소리에 옆에 서 있는 젊은 청년은 그녀의 어깨를 다독였다.

"영영아, 사람들의 말에 일일이 신경 쓸 필요가 없단다. 그만 앉거라."

청년의 말에 그녀는 입술을 내밀다 의자에 앉았다. 입술을 내밀고 있는 모습이 아직도 화가 풀리지 않은 모습이었다.

"국선장의 곡영영과 곡성이로군."

"이거 입조심을 해야겠는걸."

그 두 사람을 알아본 누군가의 말에 모두들 수군거리기

시작했다.

이층에서 그 모습을 보던 젊은 청년 둘과 미녀 한 명이 천천히 밑으로 내려왔다. 그들이 내려오자 사람들이 다시 한 번 수군거리기 시작했다. 그들의 손에 검이 들려 있었기 때문이다. 무엇보다 세 사람의 기도는 범상치 않아 상당한 수련을 거친 인물들로 보였다.

곡영영과 곡성은 앞으로 다가온 세 사람의 모습에 눈을 크게 뜨고 쳐다보았다. 그러자 가장 앞에 서 있는 청년이 미소를 보이며 인사했다.

"남궁세가의 남궁명이라 하오. 아버님의 명으로 국선장에 가는 길이었는데 이렇게 두 분을 만나 뵙게 되어 다행이오."

"저는 제갈수라 하오."

"유진진이에요."

세 사람의 말에 주루 일 층의 손님들이 모두 놀란 표정을 보였고 곡성과 곡영영도 자리에서 일어섰다.

"이렇게 만나 뵙게 되어 반갑습니다. 곡성이라 합니다."

"저는 곡영영이라 해요."

곡영영은 살짝 붉어진 얼굴로 대답했다. 그녀는 갑작스럽게 두 미남자가 눈앞에 모습을 보이자 긴장한 것이다. 무엇보다 이름 높은 후지기수들이었기에 더더욱 눈을 반짝이고 있었다.

"앉으시지요."

곡성의 말에 세 사람은 의자에 앉았다. 남궁명이 미소를
보이며 곡영영에게 말했다.

"곡 소저의 개화난방(開花蘭房)의 초식은 잘 보았소. 군더
더기가 하나 없는 깔끔한 초식이오."

"과찬이에요."

남궁명의 말에 곡영영이 조금 창피한지 부끄러운 표정으
로 고개를 숙였다. 그녀의 모습에 곡성은 절로 미간을 찌푸
려야 했다. 사내 같은 성격의 곡영영이 갑자기 얌전해졌기
때문이다.

"그런데 두 분은 어디를 다녀오는 것이오? 짐이 있구려."

제갈수의 물음에 곡성이 고개를 끄덕이며 대답했다.

"잠시 심부름으로 소림에 좀 다녀왔지요. 집으로 가는
길에 조부님과 장권호가 비무를 하게 되었다는 소문에 조
금 서두르고 있습니다."

곡성의 설명에 소림사가 튀어나오자 남궁명과 제갈수의
눈이 반짝였고 유진진은 소림과 친분이 두터운 국선장에
대해 잘 알기에 고개만 끄덕였다. 그 때 사람들의 말소리와
함께 요란한 발걸음으로 주루에 들어오는 다섯 명의 무사
들이 있었다.

"풍운회다."

그들의 가슴에 쓰인 풍 자에 사람들의 시선이 그들에게

향했고 남궁명을 비롯한 일행들도 시선을 돌렸다. 그러다 안으로 들어온 풍운회의 사람들 중 가장 앞에 있는 덩치 좋은 청년과 남궁명의 눈이 마주쳤다.

그 청년은 곧 남궁명의 앞으로 다가왔다. 그는 차가운 눈빛으로 미소를 보이며 말했다.

"이게 누군가? 강남의 제비들이로군."

"강북의 미련한 곰이 아닌가? 반갑네."

남궁명의 말에 풍운회의 청룡당 당주인 참마도(斬魔刀) 정관홍은 미간을 찌푸렸다. 남궁명을 비롯한 제갈수와 유진진의 얼굴을 그는 잘 아는 듯 보였다.

"강남에 있어야 할 제비들이 여기까지 왜 기어 올라왔지? 아! 그렇지 비무가 있었지. 비무를 보려고 장강을 건너온 건가?"

"시비를 걸 거라면 잘못 찾아온 것 같군. 시간이 많다면 곰 같은 네놈을 상대해 주겠지만 보다시피 일행들이 있어서."

남궁명은 미소를 보이며 시선을 돌려 곡성과 곡영영을 바라보았다. 그러자 곡성이 말했다.

"곡성이라 하오. 실례지만 누구시기에 이렇게 시비를 거는 것이오?"

"이런!"

정관홍이 곡성이란 이름에 혀를 차며 정색하고 말했다.

"풍운회의 정관홍이라 하오. 실례를 했구려. 하지만 강남 놈들과는 감정이 좋지 못해서 말이오."

정관홍은 말을 하며 시선을 남궁명에게 다시 던졌다.

"제비 같은 얼굴을 곡선장에서 다시 봐야겠군. 조금 불편하겠지만 참아야지."

"참지 않아도 상관은 없네."

남궁명의 말에 정관홍은 눈을 반짝이며 미소를 보였다. 그러자 그의 강렬한 투기가 주루 안을 가득 채웠다. 그 때 유진진이 보다 못해 말했다.

"정 당주, 그만하세요. 오랜만에 만나서 살기를 보일 필요가 있나요?"

유진진이 나서서 말하자 정관홍이 차마 그녀에게 화를 내지 못하겠다는 듯 선선히 고개를 끄덕이며 물러섰다.

"그렇게 하겠소. 다른 곳으로 가자! 여기서는 밥을 못 먹겠구나."

정관홍이 신형을 돌려 수하들과 함께 밖으로 나가자 긴장감이 맴돌던 주루 안이 그제야 평온하게 변하였다.

"두 분도 풍운회의 사람들을 도발하지 마세요. 지금 그들은 풍운회주가 장권호에게 패한 일 때문에 신경이 매우 날카로우니까요."

"그러지."

"걱정 마라."

남궁명과 제갈수가 고개를 끄덕였다. 곡성은 분위기가 침체되자 얼른 말했다.

"식사도 어느 정도 끝난 것 같으니 저희가 장으로 안내하지요."

곡성이 말과 함께 짐을 들고 일어서자 모두 자리에서 일어나 그의 뒤를 따라 주루를 나갔다.

밖으로 나간 일행들은 담소를 나누며 걸음을 옮기다 입구 쪽에 서 있는 세 사람의 모습에 걸음을 멈추었다. 한 명은 거지였고 한 명은 주루에서도 만난 정관홍이었다. 그리고 그 옆에는 검을 손에 쥔 이십 대 초반의 미인이 서 있었는데 바로 서영아였다.

서영아의 얼굴을 보자 제갈수가 그녀의 얼굴을 알아보고 전신을 떨기 시작했고 유진진과 남궁명도 깜짝 놀란 표정을 보였다.

곡성과 곡영영은 세 사람이 기운이 삽시간에 돌변하자 깜짝 놀란 얼굴로 그들을 쳐다보았다. 그 때 제갈수가 검을 빼 들며 십여 장의 거리를 좁혀갔다.

"이년!"

파팟!

급박한 발소리와 외침 소리가 동시에 울렸으며 오 장여를 남기고 허공으로 뛰어오른 제갈수는 번개처럼 광폭한 기운을 내뿜으며 서영아의 머리를 노렸다.

"뭐 하는 짓이냐!"

"뭐야!"

파팟!

정관홍이 달려드는 제갈수의 모습에 분노한 표정으로 도를 빼 들었고 소정명이 봉을 들어 막았다.

따당!

정관홍을 도와 소정명의 봉에 검이 막히자 분노한 표정으로 제갈수가 어깨를 떨며 서영아를 노려보았다. 그의 눈에는 소정명이나 정관홍이 안중에도 없는 듯 보였고 오직 서영아를 향해서 살기를 뿌릴 뿐이었다.

"이놈이 미쳤나? 갑자기 뭐 하는 짓이야?"

소정명이 어이없다는 듯 갑작스럽게 달려든 그의 행동에 싸늘하게 말했다. 그러자 제갈수가 검에 힘을 주며 말했다.

"비켜, 네놈들에겐 볼일 없어. 나는 저 요녀에게 볼일이 있을 뿐이다."

"요녀? 무슨 소리야?"

소정명이 제갈수의 시선에 따라 서영아를 쳐다보자 서영아는 모르겠다는 듯 제갈수를 쳐다보았다. 마치 처음 보는 사람을 대하는 듯한 그녀의 행동에 제갈수는 다시 한 번 분노에 떨어야 했다.

그 때 살기와 함께 남궁명과 유진진도 다가왔다. 그들은 검을 손에 쥐었으며 차가운 눈동자로 서영아를 노려보고 있었다.

"사파의 요녀를 여기서 다시 보게 될 줄은 몰랐군. 설마 우리를 잊은 것은 아니겠지?"

유진진이 싸늘한 말과 함께 다가오자 소정명과 정관홍은 심상치 않은 기운에 서영아를 쳐다보았다.

"서 소저, 이들하고 원한 관계라도 있소?"

소정명의 물음에 서영아는 모르겠다는 듯 말했다.

"기억이 없네요. 모두 처음 보는 얼굴들이고…… 우리가 어디서 만난 적이 있나요?"

정말 처음 본다는 서영아의 행동에 세 사람은 어깨를 떨어야 했다.

"우리를 모른다고? 무이산에서의 일을 잊었다는 것이냐?"

남궁명이 차갑게 다시 말하자 서영아는 무이산이란 말에 눈을 반짝였다. 그제야 그녀는 기억이 난다는 듯 말했다.

"아하! 무이산…… 무이산에 분명 있었지요. 그런데 세 분은 모르겠군요. 워낙 기억력이 나쁘다 보니……."

그녀의 말에 세 사람은 분노한 표정으로 강한 살기를 뿌리기 시작했다. 서영아가 자신들을 완전히 무시했기 때문이다. 나름대로 강호에 이름이 있고 알려진 자신들을 서영아는 기억조차 못 하고 있었다.

"나를 정말 모른다고? 나는 제갈수다. 정말 나를 모르겠느냐?"

제갈수가 분노한 표정으로 살기를 뿌리며 차갑게 말하자 그의 얼굴을 본 서영아는 그제야 기억이 난 듯 말했다.

"아! 소협의 얼굴은 기억이 나는군요. 그런데 갑자기 공격한 이유가 그때 무이산의 일 때문에 그런 것인가요?"

서영아의 물음에 제갈수가 고개를 끄덕였다.

"당연한 것 아닌가? 난 그때의 원한을 아직도 잊지 못하고 있다."

"원한이라…… 원한이랄 것이 있나요?"

서영아가 미소를 보이며 묻자 제갈수는 한 발 나서려다 갑자기 흐릿한 기운과 함께 옆에서 서영아의 목소리가 들리자 눈을 부릅떴다.

"네가 속이지만 않았어도 그런 일은 없었어."

서영아의 아주 낮은 목소리와 함께 그녀의 검집이 어느새 제갈수의 목젖에 닿았다. 제갈수는 저도 모르게 전신을 떨어야 했다. 등줄기를 타고 식은땀이 흘러내리는 느낌이 전해졌다.

서영아의 시선이 곧 남궁명과 유진진을 향해 차갑게 번들거렸다. 그제야 두 사람은 굳은 표정을 보였다. 그녀의 무서움을 잘 알기에 긴장한 것이다.

깜짝 놀란 것은 제갈수만이 아니었다. 서영아의 옆에 있던 소정명과 정관홍도 그녀의 허깨비 같은 움직임에 놀라 눈을 부릅떠야 했다. 설마하니 서영아가 이토록 놀라운 고수라고 생각지 못하였기 때문이다.

사람들이 모여들자 서영아는 그들의 웅성거리는 소리에 뒤로 물러났다. 그러자 제갈수가 목을 만지며 물러났다. 하지만 여전히 살기를 보이고 있었으며 그 주변에 긴장감이 맴돌기 시작했다.

장권호와 신창 곡필의 비무가 있기 때문에 여느 때와 달리 많은 무림인이 모여든 거리였다. 그 거리에서 강호에서도 이름 있는 고수들이 서 있자 모두들 긴장한 표정으로 쳐다보고 있었다. 양측으로 나눠 선 사람들은 금방이라도 싸울 것 같은 모습을 보였기 때문이다.

"우린 아직 그날의 원한을 잊지 않고 있소."

이번에는 남궁명이 먼저 한 발 나서며 검의 손잡이를 잡았다. 그 옆에는 제갈수가 분노한 감정을 추스르기 위해 노력하고 있었다.

"무이산의 일은 이미 모두 해결된 것으로 알고 있는데요? 잘 모르시는 모양이군요?"

서영아의 말에 남궁명을 비롯한 두 명은 조금 놀란 표정을 보였다. 제갈수가 나섰다.

"무슨 헛소리를 하는 것이냐?"

제갈수의 말에 서영아의 눈빛이 다시 한 번 차갑게 번들거렸다.

"삼도천에선 더 이상 나나 오라버니와 무이산에서 있었던 일을 더 이상 묻지 않겠다고 했어요. 정 궁금하시면 공천자 님께 가서 물어보시든가요?"

삼도천이란 말이 나오자 남궁명의 표정이 굳어졌고 유진진은 인상을 찌푸렸다.

"사파의 요녀가 하는 말을 내가 믿으라고? 웃기는군."

제갈수가 어이없다는 듯 말하며 한 발 나섰다. 그 순간 유진진이 먼저 앞으로 나서며 검을 뽑아 들었다. 그녀의 검이 호선을 그리며 순식간에 서영아의 목으로 다가갔다. 금방이라도 서영아의 목이 달아날 것 같았으나 서영아의 표정은 여유가 있었고 변화가 없었다. 그녀는 목에 닿을 듯 유진진의 검이 가까이오자 가볍게 검집을 들어 쳐올렸다.

땅!

검이 위로 솟구쳤으며 검을 들던 유진진이 반 장 솟구쳐 뒤로 물러났다. 그 때 제갈수가 번개처럼 서영아의 허리를 베어왔다. 상당히 빠르고 신속한 움직임이었다. 서영아는 제갈수의 움직임에 여전히 미동도 없이 검집째 들어 제갈수의 검을 쳐올렸다.

땅!

"큭!"

제갈수가 강렬한 충격을 이기지 못하고 뒤로 십여 걸음이나 물러섰으며 그의 검이 웅! 하는 소리와 함께 사시나무

떨듯 떨었다. 하지만 그는 두 번 나서지는 못하고 망설이듯
서영아를 노려보았다.

섣부르게 행동했다가는 목이 달아나는 것은 자신들이지
절대 서영아가 아니었기에 신중할 수밖에 없었다.

남궁명은 여전히 검의 손잡이만 잡은 채 쉽사리 뽑지 못
하고 있었다. 자신까지 나서면 서영아가 정말 실력을 보일
것 같았기 때문이다. 그렇게 되면 아무리 자신이라 해도 쉽
게 막을 수가 없을 것이다. 또한 다른 두 사람과 협공을 한
다고 해서 쉽게 이길 수 있는 상대도 아니었다.

그렇다고 이대로 물러서자니 그것 또한 모양새가 좋지
않았다. 이미 주변에는 많은 구경꾼들이 있었기 때문이다.

"도대체 무슨 일이 있었는지 잘은 모르지만 싸울 의지가
없는 아녀자를 다수로 핍박하는 모습은 결코 좋은 모습이
아니야."

소정명이 앞으로 나서며 말하자 제갈수가 인상을 찌푸리
며 말했다.

"저 요녀의 무위를 보고도 다수로 핍박한다고 생각하
나? 저 요녀의 손에 죽은 사람만 백 명은 넘을 거다."

제갈수의 말에 모두의 표정이 굳어졌다. 하지만 소정명
은 오히려 투기를 발산하며 말했다.

"자꾸 요녀라고 그러는데 그 입이 눈에 거슬려."

붕! 붕!

소정명이 봉을 몇 바퀴 돌리며 앞으로 나서자 다시 한 번 긴장감이 맴돌기 시작했다.

　"강남의 제비들과 싸울 거라면 나도 끼고 싶군."

　스릉!

　보다 못한 정관홍이 도를 뽑아 들었다.

제5장
감정은 풀리고

강호의 후지기수들 중 대표라고 불려도 손색이 없을 것 같은 젊은 무인들이 나란히 살기를 보이며 서 있자 사람들의 호기심이 커질 수밖에 없었고 몰려드는 구경꾼의 수는 점점 많아졌다.

뒤에서 구경하던 곡성과 곡영영은 상당히 놀란 표정으로 서영아를 바라보고 있었다. 아무리 봐도 십 대 후반에서 이십 대 초반으로 보이는 여자가 강남 최고의 기재들을 압도하는 것처럼 느껴졌기 때문이다.

곡영영은 자신과 비슷한 또래의 여자가 어떻게 움직였는지 모를 정도로 허깨비 같은 모습에 놀랐고, 매우 뛰어난 미모까지 가지고 있자 질투심도 일어났다. 다행이라면 남궁명이나 제갈수는 그녀의 미모에 관심이 없어 보인다는 점이었다.

강남의 대표라 불리는 남궁명과 제갈수가 미공자라면 강북의 대표라 불리는 정관홍이나 소정명은 그녀의 눈에 만두와 거지로 보였다. 소정명이야 거지니 당연히 거지로 보였고 정관홍은 미남자라기보다 그저 덩치 좋은 청년이었다. 그러니 그녀는 자연스럽게 남궁명과 제갈수를 응원하고 있었다.

"아무래도 말려야 되겠다."

곡성이 조금 긴장한 표정으로 말하자 곡영영이 걱정스러운 표정으로 그의 소매를 잡았다.

"지금 말린다고 어떻게 해결될 것 같지도 않은데요."

"그렇다고 그냥 두면 큰 싸움이 일어날 텐데…… 만약 저들 중 한 명이라도 다치면 입장이 난처할 것 같구나."

곡성은 눈앞에 서 있는 사람들이 모두 유명한 무인들이고 무엇보다 무시 못 할 세력을 등에 지고 있다는 것을 잘 알고 있었다. 그렇기 때문에 작은 싸움이 큰 싸움으로 번지는 일을 막고 싶었다. 무엇보다 자신의 집 앞에서 누군가 다치는 모습을 보고 싶지는 않았다. 만약 이들 중 한 명이라도 죽게 된다면 국선장은 그 책임을 피하기 어려울 것이다.

곡성은 막상 나서려고 했지만 나서야 할 시간을 잡지 못하고 있었다. 서로를 노려보는 그들의 투기와 살기 때문에 쉽게 접근할 수 없었기 때문이다. 금방이라도 잡아먹을 것 같은 눈으로 서로를 노려보는 그들은 기회만을 노리고 있었다.

"그만."

낮고 무거운 음성이 주변에 울렸다. 그리 크지 않은 소리인데도 주변의 수많은 사람들의 귀에 그 소리는 들렸으며 모두의 시선이 우측의 젊은 청년에게 향했다.

청년은 가볍게 미소를 보이며 한 발 앞으로 나섰고 남궁명이 굳은 표정으로 그를 쳐다보았다.

"장권호……"

그의 이름을 남궁명이 말하자 삽시간에 주변은 소란스럽게 변하였고 사람들은 장권호를 쳐다보기 시작했다. 무엇보다 사람들이 놀란 것은 장권호가 매우 젊은 청년이란 점이었다. 젊은 나이에 십대고수에 들었다는 것과 풍운회주를 이겼다는 사실을 그들은 섣불리 믿지 못하는 듯 보였다.

"저 사람이 장권호로구나."

곡영영이 눈을 반짝이며 중얼거렸고 그 주변 모두들 장권호의 이름을 한 번씩 곱씹으며 그의 얼굴과 모습을 눈에 담으려고 노력했다. 서영아가 장권호의 모습에 기쁜 표정으로 쪼르륵! 달려갔다.

"오라버니."

"왜 이렇게 안 오나 했더니 여기에 있었구나."

"죄송해요."

서영아가 고개를 숙이자 장권호는 그런 서영아를 향해 미소를 보이다 자신을 향해 강한 살기를 뿌리는 제갈수와 눈이 마주쳤다.

"오랜만이군. 잘들 있었나?"

장권호의 말에 남궁명은 미간을 찌푸리다 곧 입을 열었다.

"오랜만에 뵙소이다."

"오랜만이에요."

"흥!"

유진진은 고개를 숙였고 제갈수가 팔짱을 끼며 고개를 돌렸다. 도저히 과거의 일을 지울 수 없었고 원한이 깊은 상대를 만났는데 기분 좋게 인사를 나눌 정도로 마음이 넓은 것도 아니었다.

장권호는 그런 제갈수의 시선을 미소로 대하며 서영아에게 말했다.

"아무래도 오늘 국선장에 방문해야겠다. 남은 며칠은 그곳에서 보내는 게 낫겠구나."

"안에서요?"

"이 많은 사람이 내 얼굴을 아는데 밖에 있으면 시끄럽지 않을까?"

장권호의 말에 서영아는 그 뜻을 이해하고 고개를 끄덕였다.

"네, 알겠어요."

"가자."

장권호가 신형을 돌리며 말하자 서영아가 그 뒤를 따랐다. 장권호가 걸음을 옮기니 그 주변에 있던 사람들이 본능적으로 길을 열어주었고 그들은 천천히 국선장으로 향했다. 그러자 그 주변 사람들도 장권호의 뒤를 따라 국선장으로 몰려가기 시작했다.

장권호와 서영아가 빠지자 맥이 풀린 소정명과 정관홍은 무기를 거두었고 소정명은 여전히 차가운 표정으로 말했다.

"오늘 일은 여기까지 하는 것으로 하지. 하지만 이대로 그냥 물러서겠다는 뜻은 아니야. 그 요녀라는 말이 아직도 귓가에 맴돌거든. 기분이 나빠."

"남의 일에 신경 쓰지 말고 네 일이나 잘해라."

제갈수가 일침을 가하듯 말하자 소정명의 이마에 힘줄이 튀어나왔다. 그의 표정이 다시 한 번 싸늘하게 변하자 남궁명이 말했다.

"오늘 일은 서로 오해가 있었다고 하지."

"오해? 강호에 이름 높은 남궁 형께서 아녀자를 핍박하는 모습을 두 눈으로 봤는데 그게 오해인가?"

소정명의 말에 남궁명이 굳은 표정으로 다시 말했다.

"요녀라고 할 만하니까 그렇게 부르는 거다. 네놈이 상관할 문제가 아니야."

"그럼 삼도천은 상관할 문제인가 보군."

소정명이 다시 말하자 남궁명과 제갈수의 안색이 바뀌었고 유진진의 표정이 굳어졌다. 소정명은 세 사람의 표정이 변하자 미소를 보이며 다시 말했다.

"소문은 들은 적이 있어서 말이야…… 일 년 전인가? 그때 무이산이 뒤집혔다고 하더군. 그때의 일 때문이라면 창피한줄 알아야지."

"개방은 다 좋은데 그 주둥이가 문제야."

제갈수가 검의 손잡이를 잡으며 말하자 소정명도 봉을 다시 움켜잡았다. 그러자 조용히 있던 유진진이 말했다.

"그만하지요. 소 소협이 어떤 소문을 들었는지 모르지만 저 여자와는 개인적인 원한이지 삼도천과 연관이 있는 게 아니에요. 그러니 오해는 하지 마세요."

유진진의 말에 소정명은 눈을 반짝였다. 삼도천에서 있었던 일에 대해 듣고 싶었는데 그것을 막았기 때문이다. 하지만 삼도천에서 분명 장권호는 대단한 무위(武威)를 보였고 장권호와 함께 있던 종도 대단한 무공을 소유하고 있다

들었었다. 그 종이 서영아인 게 확실하다고 생각했다.

"개인적인 원한이라고 하니 신경 쓰고 싶지는 않군."

"자자! 이제 그만들 하시지요."

소정명의 말에 곡성이 이때다 싶어 얼른 중간에 나서서 말했다. 그가 나서자 모두들 안색을 바꾸며 그를 쳐다보았다. 곡성은 모두 자신을 쳐다보자 조금 창피한지 얼굴을 살짝 붉히며 말했다.

"모두 저희 집에 오시는 것이 아닌가요? 그러면 이제 그만들 합시다. 제가 화해의 장을 마련하도록 할 테니 일단 저희 집으로 가시지요."

"곡형의 뜻대로 하겠소."

"그러지요."

남궁명과 유진진이 곡성의 말에 물러서듯 대답했다. 이곳은 누가 뭐라 해도 국선장의 앞마당이었기에 곡성에게 힘을 실어준 것이다.

"좋은 술만 있다면 거절할 이유는 없지."

"그렇게 하겠소."

소정명이 말하고 정관홍이 대답했다. 정관홍은 어차피 국선장의 사람들과 나쁜 관계를 유지할 생각이 없었다. 무엇보다 풍운회에서 가까운 곳이었고 강북무림의 얼굴이라 불리는 신창의 집이기 때문이다. 그런 마음은 다른 사람들도 마찬가지일 것이다.

"그럼 제가 안내를 하지요."

곡성의 말에 모두들 고개를 끄덕이며 따라갔지만 어느 정도 거리는 두었다. 가장 후미에 유진진과 곡영영이 함께 걸었는데 곡영영은 아무래도 거지가 함께 있다는 것이 마음에 안 드는지 소정명의 등을 노려보고 있었다.

"저 거지는 누구예요?"

곡영영이 낮은 목소리로 묻자 유진진이 미소를 보이며 말했다.

"개방의 소정명이라고 보는 것처럼 거지예요. 개방의 소방주이기도 하지요."

"아하…… 개방의 소방주였구나…… 그래서 그렇게 거지 주제에 위풍당당하게 나섰군요."

"호호."

곡영영의 말이 재미있는지 유진진이 소리 죽여 웃었다. 그러자 소정명이 고개를 휙! 돌리며 말했다.

"다 들려."

소정명의 말에 유진진이 미소를 보이며 말했다.

"사실을 말한 것뿐인데 기분이 나쁜가요?"

"사실을 너무 적나라하게 들으니 이거 기분이 나쁜 건지 안 나쁜 건지 나도 모르겠소."

소정명이 고개를 갸웃거리며 고민스럽다는 듯이 말했다. 그러면서 은근슬쩍 곡영영의 옆으로 다가왔다. 그러자 곡영영이 인상을 찌푸렸다.

"그런데 소저께서는 국선장의 곡 소저겠구려?"

"네, 맞아요."

"이야 이거 반갑소이다. 국선장에 무공도 무공이지만 미모도 뛰어난 재녀(才女)가 있는데 그게 곡 소저라고 들었소이다. 지금 보니 미모는 더욱 뛰어난 듯하오. 옆에 있는 유소저만큼 아름답소이다. 손 좀……."

소정명이 은근히 말하며 곡영영의 손을 잡으려는 찰나 유진진이 손이 번개처럼 소정명의 손등을 때렸다.

찰싹!

"수작 그만 부리고 가세요."

유진진이 차갑게 살기를 보이자 소정명은 투덜거리듯 소리 없이 욕을 하며 앞으로 갔다. 그런 그의 모습에 곡영영은 혀를 내밀었고 유진진은 조금은 화가 풀리는지 미소를 보였다.

"재미있는 사람이네요."

곡영영이 중얼거렸다.

*   *   *

넓은 원형 식탁에 둘러앉은 다섯 명의 젊은 남녀는 조금 어색한 표정으로 침묵을 지키고 있었다. 보통 젊은 남녀가 식탁 앞에 모여 앉아 있으면 큰 수다와 함께 소란스러움이 있어야 하는데 그런 것도 없었다.

시비들이 차를 따르고 나간 뒤에도 한참 동안 침묵을 지키던 그들은 곡성과 곡영영이 나타나 자리에 앉을 때까지 입을 열지 않고 있었다.

"죄송합니다. 가족회의 때문에 조금 늦었습니다."

곡성이 의자에 앉으며 말했다. 장권호가 방문했기 때문에 잠시 가족들이 모였던 것이다.

"괜찮소."

"신경 안 쓰셔도 되오."

남궁명과 정관홍이 번갈아 말했다. 곡성은 분위기가 무거운 것을 느끼고 다시 말했다.

"강남이니 강북이니 그런 지역감정을 떠나서 이렇게 한자리에 모였으니 묵은 감정은 풀고 즐겁게 지냈으면 합니다."

"그렇게 하겠소."

"노력하지요."

이번에도 남궁명과 정관홍이 번갈아 대답했다. 하지만 곡성은 이들의 분위기를 풀어주어야 할 만큼 기분이 좋은 것도 아니었다. 장권호와 곡필의 비무 때문에 정신이 없었던 것이다. 자신이 직접 비무를 하는 것도 아닌데 심장이 요동쳤다.

"비무는 어떻게 진행되는 것이오?"

남궁명의 물음에 곡성이 대답했다.

"비무는 할아버님과 장권호의 비밀 비무이고 참관인으로 무당파의 청영 도장님께서 함께하신다고 합니다."

"보고 싶었는데……."

"아쉽군요."

남궁명과 유진진이 상당히 아쉬운 표정으로 중얼거렸다. 남궁명의 시선이 정관홍에게 향했다.

"풍운회에서 볼 때는 어땠나? 자네는 직접 눈으로 봤을 테니 우리보다는 장권호의 무공에 대해 좀 더 잘 알 거라 생각하네."

"장권호의 무공을 무이산에서 못 본 모양이군?"

정관홍이 궁금한 듯 묻자 남궁명이 고개를 끄덕였다.

"제대로 볼 수가 없었지."

"저도요."

"나도."

셋의 대답에 정관홍은 눈을 반짝였다. 결국 셋의 대답을 들어보았을 때 무이산에서 장권호가 삼도천과 한바탕한 것은 사실로 드러났기 때문이다. 물론 아는 사람도 드문 일이었고 강호에 거의 알려지지 않은 사실이었기에 굳이 소문낼 필요도 없다고 생각했다.

정관홍이 말했다.

"내가 본 건 장권호의 그림자와 회주님의 도뿐이네. 정말 그것뿐이야."

정관홍이 조금 굳은 표정으로 말했다. 그의 목소리에 강한 힘이 실려 있었기에 더 이상 묻지는 못하였다. 풍운회주가 패했기 때문에 그 비무에 대해 더 물으면 실례가 될 것 같았고, 그 이상 말하면 정관홍이 화를 낼 것처럼 보였기 때문이다.

"비무를 못 보고 가야 한다면 이렇게 멀리까지 온 의미가 없는 것 같군."

남궁명의 말에 유진진이 고개를 저었다.

"그렇지는 않아요. 다행히 우리는 그자와 같은 장소에 있으니까요. 더욱이 비무는 아직 삼 일이나 남았어요. 그 사이에 장권호의 얼굴을 보는 것도 나쁜 일은 아니라고 생각되네요."

"그렇지. 그렇게 할 수가 있었지."

제갈수가 고개를 미미하게 끄덕이며 낮은 살기를 드러냈다.

"제갈 형은 장 형과 상당한 원한이 있는 모양이야? 아까부터 꽤나 흥분해 있던데?"

소정명이 제갈수의 살기에 반응하며 물었다. 그러자 제갈수가 눈을 반짝였다.

"내 개인적인 일이니 신경 쓰지 말게."

"신경을 안 쓰고 싶어도 서 소저를 요녀라고 부르니 안 쓸 수가 없군. 기분이 나빠."

"서 소저? 그 여자의 성이 서씨인가? 그러고 보니 그 요녀의 성도 모르고 있었군."

제갈수가 더욱 강렬한 눈빛을 던지자 소정명이 다시 말했다.

"장백파의 서영아, 서 소저라 하네. 이름도 모르고 원한을 가진 건가? 우습군."

소정명의 도발에 제갈수가 일어서려 하자 유진진이 그의 어깨를 잡으며 말했다.

"그녀의 이름이 서영아였군요. 사실 이름도 모르고 있었어요. 단지 그녀의 검법이 너무 사악해서 요녀라고 부른 거예요."

"말은 바로 해야지. 수정궁의 술법을 사용했기 때문에 그런 것이네."

"수정궁이라니?"

수정궁이란 말에 소정명도 조금은 놀란 표정을 보였고 정관홍도 같은 표정이었다. 유진진이 말했다.

"그녀는 분명 수정궁의 무공을 익혔어요. 거기다 검법은 살기가 짙어 많은 사람을 죽였지요. 출신이 사파이기 때문에 저희끼리 요녀라고 부른 거예요. 오해하지는 마세요."

유진진의 말에 소정명이 말했다.

"출신이 무슨 상관이지? 지금은 어차피 장백파의 사람이 아니던가? 거기다 내가 볼 때 사파적인 냄새는 어디에도 없었어. 출신을 따져가며 사람을 판단한다면 그것도 문제인 것 같은데?"

"그 요녀 때문에 죽은 동료들을 생각하면 아직도 이가 갈린다."

"요녀라고 부르지 말라니까."

소정명이 제갈수의 말에 인상을 찌푸리며 살기를 보였다. 그러자 유진진이 다시 말했다.

"그렇게 하지요. 서 소저라 부르는 것으로 할게요."

유진진의 말에 제갈수가 어금니를 깨물었다. 하지만 더 이상 입을 열지는 않았다. 쓸데없는 싸움을 그도 원하지 않기 때문이다.

"하지만 사파 사람인 것은 확실해요."

"지금은 정파인 장백파의 사람이 아니오? 그러니 사파 사람이라고 부르는 것도 그만두시오."

소정명이 다시 말하자 제갈수가 코웃음을 던졌다.

"훗! 장백파가 정파라고? 장백파는 그저 변방의 작은 문파일 뿐이야. 정파니 사파니 나누어 부를 정도로 우리가 신경 쓸 문파인가? 그저 오랑캐의 작은 문파이고 바람만 불면 쓰러질 곳이지. 그런데 정파라고? 웃기지도 않는군."

제갈수의 말에 소정명이 오히려 비웃듯 말했다.

"누가 웃기지도 않는지 모르겠군. 하긴 너희같이 앞에서 보이는 말만 듣고 자란 사람들에게 장백파가 그리 보일지도 모르지."

"무슨 소리인가? 자네는 장백파에 대해 아주 잘 아는 사람처럼 말을 하는군."

남궁명이 소정명의 말에 인상을 찌푸렸다. 그가 자신을 무시했기 때문이다.

"장백파는 너희가 생각하는 것만큼 작은 문파도, 그렇다고 무시해도 될 만큼 약한 곳도 아니야. 본래 강호라는 것이 아니, 중원이라고 해야 하나? 타민족의 문파에 대해선 늘 축소하고 약하게 소문을 내는 편이라 변방의 문파들을 우리는 종종 우습게 여기지. 제갈 형처럼 말이네."

"흥! 그럼 중원의 문파보다 크다는 말인가? 인원부터 규모까지 현격한 차이가 있는 것으로 아는데?"

"인원과 규모가 크다고 큰 문파는 아니지. 역사와 전통을 자랑하는 소림도 사실 무공을 익히는 무승들만 보면 불과 이백여 명에 불과하다는 사실을 너희도 잘 알 텐데? 무당 역시 백여 명이 전부이지. 그런데 소림과 무당이 작은 문파인가? 제갈 형은 소림과 무당도 작은 소문파로 생각하는 모양이군?"

"그것과 이것은 다른 문제네."

남궁명의 말에 소정명이 다시 말했다.

"다른 문제가 아니라 변방의 장백파도 우리가 바라보는 중원의 소림이나 무당과 같은 곳이란 뜻이네. 장백파의 시작은 언제인지 나도 잘 몰라. 하지만 인간이 장백산에 살기 시작하면서 시작되었다는 사람들도 있고 그 전에 신선들이 내려와 살면서 시작되었다는 설도 있지. 그 진실은 장백파의 사람들이나 알겠지. 너희는 장백파 역사는 알고 있나?"

"장백파도 역사가 있는 모양이군."

제갈수가 인상을 찌푸리며 말했다. 소정명은 그런 제갈수를 안타깝다는 표정으로 바라보며 말했다.

"강호를 통틀어서 천 년 이상의 역사를 가진 문파는 아마 소림이나 장백파가 유일하지 않을까 싶네. 그리고 그 둘은 오래전부터 교류를 해왔다고 들었지."

"……!"

소정명의 말에 모두 놀란 표정을 지었다. 처음 듣는 이야기였기에 더욱 놀란 것이다. 무엇보다 그 내용에 놀랐다.

"물론 나도 자세한건 모르네. 워낙 숨긴 일들이 많아서 말이야. 무적명의 탄생도 장백파와 연관이 있다는 소문을 언뜻 들은 기억이 있군."

소정명의 말에 다시 한 번 모두 놀란 얼굴을 하였다.

"뭐 여기까지 하지. 나는 내 방으로 가야겠군."

소정명은 놀라고 있는 사람들을 한 번 둘러보고 일어섰다. 그는 곡성에게 시선을 던졌다.

"곡 형에게 미안하군. 하지만 이들과 같이 식사를 하면 배탈이 날 것 같아 못 먹겠네. 그러니 나중에 같이 먹지."

소정명이 일어나 밖으로 나가자 정관홍도 자리에서 일어섰다.

"나도 내 방으로 가겠소. 곡 형은 양해해주시오. 워낙 이들과는 친하지 않다 보니 말이오."

정관홍도 일어나 밖으로 나가자 곡성은 헛기침을 하며 말했다.

"우리끼리 식사를 합시다."

"네, 그렇게 해요. 저희 때문에 기분이 안 상했으면 하네요."

"그럴 리가 있습니까? 기분 좋게 식사를 합시다."

곡성은 유진진의 말에 미소를 보이며 대답했다. 얼마 지나지 않아 식사가 나왔고 그들은 담소를 나누며 저녁을 먹었다.

*   *   *

곡필의 가족들과 인사를 나눈 뒤 별원으로 안내되어 들어온 장권호는 편안한 자세로 의자에 앉아 정원을 감상했다.

곡필에 대한 인상은 좋았으며 비무 상대인 자신을 마치

친가족처럼 대하는 모습이 특히나 보기 좋았다. 보통 사람이라면 비무 상대를 집 안으로 들이고 친절하게 대하지 못할 것이다.

하지만 곡필은 오히려 한가족처럼 대했으며 불편함 없이 지내라는 말까지 해주었다. 그는 분명 대인이었고 장권호에 대한 두려움이 없었다.

아마 장권호를 부담스럽게 생각지 않았기 때문에 그렇게 친절한 것인지도 모른다고 여겼다.

장권호 역시 곡필에 대한 두려움은 없었다. 단지 창을 상대해야 한다는 부담감이 조금 있었다. 창은 검이나 도와 달리 장거리의 무기였으며 살상력이 극대화된 최고의 무기였다. 또한 창술은 근접전에서도 완벽에 가까운 철통 방어가 가능했다.

그런데 상대는 창술의 최고봉이라 불리는 신창 곡필이니, 얼마나 대단한 무공을 가지고 있을까? 말을 안 해도 그저 별호만으로도 대단하다는 것을 표현하고 있었다.

그나마 다행이라면 그의 창법이 강호상에 어느 정도 알려졌다는 점이다. 그의 창법은 전체 칠식(七式)으로 이루어져 있으며 앞의 오식은 알려져 있었고 창법의 움직임이나 보법의 흐름과 전체적인 움직임이 알려진 상태였다. 하지만 후 이식에 대한 것은 어떤 것도 알려지지 않은 상태였다.

무엇보다 그의 창법이 알려져 있다 하지만 안다고 해서

막을 수 있는 것도 아니었고 피할 수 있는 것도 아니었다.

그는 지금까지 강호에서 오식 이상을 보인 적이 없었고 그 이상 보일 상대도 없었다고 한다.

다시 생각을 해보면 장권호의 입장에서도 어려운 상대인 것은 확실했다. 그렇다고 넘지 못할 상대도 아니었다. 그는 장권호의 무공에 대해 거의 모르기 때문이다.

하지만 장권호도 자신의 보법 중 일부가 풍운회의 손에서 그림으로 그려져 곡필의 손에 들려 있다는 사실을 몰랐다. 그게 변수라면 변수일 것이다.

"저 왔어요."

목소리와 함께 서영아가 모습을 보였다. 그녀는 국선장을 한 바퀴 돌아본 이후에 방으로 돌아온 것이다. 다른 뜻이 있어서가 아니라 혹시라도 모를 일에 대비하기 위함이었다. 별채는 안전한 곳인지, 국선장에 있는 손님 중에 위험이 될 만한 손님이 없는지 확인차 돌아다닌 것이다.

다행히 특별하게 눈에 띄는 것은 없었다. 국선장은 조용한 곳이었고 방문 중인 손님 중 장권호를 위협할 만한 손님도 보이지 않았다.

"생각보다 규모가 큰 곳이네요. 장원이라 해서 조금 작을 거라 생각했는데 그렇지도 않군요. 귀문과 비교하면 절반도 안 되지만 그래도 일가가 사는 집치고는 엄청나게 큰 건 사실이에요."

"오가는 손님들이 많으니 클 수밖에 없겠지. 거기다 이 지역의 유지가 아니더냐?"

"그렇기는 하네요."

서영아가 장권호의 말에 고개를 끄덕였다.

"아! 풍운회의 사람들이 몇 명 보이던데요? 정 당주뿐만 아니라 노린도 보였어요."

"노린?"

장권호가 잘 모르겠다는 표정을 보이자 서영아가 다시 말했다.

"풍운회 사대당주 중 한 명으로 비도를 쓰는 자인데 상당한 고수로 다른 당주보다 더욱 껄끄러운 상대로 기억하고 있어요."

서영아가 과거의 기억을 떠올리며 말하자 장권호는 풍운회에 인재가 많다고 생각했다. 서영아가 다시 말했다.

"실제 사대당주 중 무위로만 따진다면 장무위가 가장 높다고들 해요. 장무위는 차기 풍운회주로 불릴 만큼 풍운회 내에서도 인망이 두터운 편이지요. 무공에 인망까지 있으니 조천천이 물러서면 그자가 풍운회주가 되겠지요."

"조회주는 아직 젊기 때문에 물러서는 일은 이십 년이 지나도 없을 것 같은데 벌써부터 차기 회주를 입에 담다니? 좋은 모습은 아니로군."

장권호의 말에 서영아가 고개를 끄덕였다. 그의 말이 틀리지 않았기 때문이다.

"하지만 요즘 풍운회의 소문이 썩 좋지 않아요. 풍운회주가 물러선다는 말들이 여기저기서 많이 나돌고 있거든요."

"음……."

장권호는 그녀의 말에 미간을 찌푸렸다. 자신과의 비무로 인해 물러서는 것처럼 느껴졌기 때문이다. 풍운회주의 입장에서 패배란 곧 그 자리에서 물러서야 한다는 것을 의미하기도 했다.

절대권력의 권좌에 앉은 사람이기에 패배의 책임을 져야 하는 것이다. 특히나 무림에서 가장 중요한 것은 바로 무공이었다. 무공의 절대적인 힘이 있어야 세력을 이끌고 갈수 있기 때문이다.

"오라버니에게 패한 뒤 아직 공식석상에 모습을 보이지 않고 있다 들었어요. 부상도 있겠지만 패배의 충격 때문에 나오지 않는 모양이에요."

"풍운회주는 그리 약한 사람이 아니니 곧 모습을 보이겠지."

장권호의 말에 서영아는 고개를 끄덕이다 밖으로 시선을 돌렸다. 발소리가 들려왔기 때문이다.

"풍운회의 노린이라 하오. 장 형을 만나 뵙고 싶소."

밖에서 들리는 소리에 서영아가 장권호를 쳐다보았다.

"모셔."

장권호의 말에 서영아는 밖으로 나가 노린과 함께 들어왔다. 그녀는 차를 따른 후 뒤로 물러나 장권호의 후미에 섰다.

의자에 앉은 노린은 장권호를 보게 되자 자신도 모르게 강렬한 투기를 발산하였다. 풍운회와의 비무가 끝이 난 지 꽤 시간이 흐른 뒤라고는 하지만 적대적인 감정은 아직 사라지지 않았기 때문이다.

하지만 싸워도 이길 자신이 없었기 때문에 곧 투기를 거두었다. 장권호의 무공을 직접 옆에서 본 그였기에 그의 무서움을 누구보다 잘 알았다. 그에게 자신의 비도는 그저 어린아이의 장난감에 불과할 거란 생각이 들었다.

"무슨 일로 오셨소?"

장권호의 물음에 노린이 곧 입을 열었다.

"다름이 아니라 장 형의 얼굴을 보고 싶어 왔소이다. 회주님과의 비무가 아직도 눈에 선해서 지금도 잊지 못하고 있다오. 회주님을 이겼다고 하지만 중원은 그리 만만한 곳이 아니라오."

"내게 감정이 많은 모양이오?"

"풍운회의 사람 치고 장 형에게 감정이 없는 사람이 있겠소이까? 단지 참을 뿐이오."

"풍운회가 나선다면 나라고 해도 쉽게 승부를 장담할 수 없소이다."

장권호가 미소를 보이며 말하자 노린이 깊은 숨을 내쉰 뒤 고개를 저었다. 장권호의 말은 단체로 나서서 핍박한다면 이기기 힘들다는 말이었던 것이다. 개인이 아닌 풍운회라는 강북 최대의 세력이 나서서 전력을 다해 공격한다면, 분명 장권호라 해도 이기지 못할 것이다.

일 대 다수의 싸움에서 절대적으로 유리한 것이 다수이기 때문이다. 그것을 노린은 잘 알아들은 것이다.

"아무리 우리가 회주님의 패배로 인해 장 형을 미워한다 하지만 정당한 비무였고 또한 패했다고 장 형을 핍박할 만큼 소인배는 아니라오."

노린의 말에 장권호는 가볍게 미소를 보였다.

"사파 놈들이라면 당연히 단체로 달려들었겠지만……우린 아니라오."

노린은 힘주어 말했다. 결코 장권호를 압박하려는 의도가 없다는 뜻이었다. 장권호가 다시 물었다.

"그런데 정말 내 얼굴을 보기 위해 온 것이오?"

노린은 장권호의 물음에 고민스러운 표정으로 말했다.

"사실 나도 무인이기 때문에 장 형처럼 뛰어난 무인을 보게 되면 뭔가 배우고 싶고 비무를 원하게 된다오. 그 결과가 패배라 해도 한번 겨루고 싶은 게 무인 아니겠소?"

"비무를 하기 위함이오?"

장권호가 재미있다는 듯 눈을 반짝이며 묻자 노린은 고개를 끄덕였다.

"비무를 하고 싶어 왔지만 이렇게 장 형과 마주 앉으니 그러지도 못하겠소."

노린의 말에 장권호는 왜 그런지 궁금한 표정을 보였다. 그러자 노린이 다시 말했다.

"장 형이 회주님과 비무하는 모습을 보면서 주먹을 불끈 쥐고 땀을 흘리며 내가 그 자리에 있기를 갈망하기도 했다오. 그런데 막상 이렇게 장 형과 함께 앉아 있으니 아직 무리라는 생각을 하게 되었소."

"무리라……."

"옆에서 보는 것과 자신이 그 자리에 있는 것은 전혀 다른 문제인 사실을 깨달았다오."

노린은 장권호와 함께 앉아 있다는 사실 하나로도 충분히 긴장하고 있었으며 많은 심력을 소모하고 있었다.

이곳에 오기 전에는 호기로운 마음과 뜨거운 가슴으로 들어왔으나 장권호를 보고 함께 있어보니 사방이 막힌 절벽 앞에 서 있는 기분을 느껴야 했다.

눈으로 보고 넘을 수 있는 산 같으면 충분히 도전을 해볼 마음이 들겠지만 아무리 봐도 넘지 못할 산이었기에 그런 마음조차 사라진 것이다.

"조 회주는 잘 계시오?"

장권호의 물음에 노린은 미미하게 고개를 끄덕이며 대답
했다.

"회주님께서는 아직 내상이 회복되지 않아 안정을 취하
시는 중이오. 장 형이 회주님의 안위를 물으니 기분이 좋은
건지 나쁜 건지 모르겠소. 건강하게 잘 계시니 너무 걱정하
지 마시오."

"잘 계시다니 다행이오."

장권호는 조천천이 회복 중이라는 말에 조금은 안심하는
표정이었다. 물론 크게 걱정하지는 않았지만 그래도 자신
때문에 부상을 당한 상대였기에 그의 안위가 궁금한 것은
사실이었다.

노린이 살짝 미간을 찌푸리며 차를 마신 뒤 천천히 말했
다.

"그거 아시오? 사실 회주님께선 저번 비무에 목숨을 거
셨소."

장권호가 그 말에 미미하게 고개를 끄덕였다. 조천천과
비무한 기억을 떠올린 것이다. 그는 분명 목숨을 다할 그런
의지를 보여주었다.

노린이 다시 말했다.

"목숨을 걸었다는 것은 풍운회의 회주라는 자리뿐만 아
니라 자신의 명예까지 거신 것이오."

노린의 말에 장권호는 옅은 미소를 보였다. 자신도 조천

천과 같은 마음이었기 때문이다.

"회주님의 모든 것을 걸고 한 비무였고 그 정도로 장 형과의 비무는 회주님께 의미가 큰 것이었소."

"내게도 가치 있는 비무였소."

장권호가 차를 마신 후 담담한 목소리로 말했다. 그러자 노린이 고개를 끄덕였다. 장권호 역시 자신의 모든 것을 걸었다고 여겼기 때문이다.

"회주님의 몸은 분명 예전처럼 돌아올 것이오. 하지만 마음은 치유가 안 될 것이오. 패배의 상처는 영원히 남는다고 하지 않소이까? 승자는 자신이 승리한 사실을 종종 기억하지 못하지만 패자는 자신의 패배를 영원히 기억한다고 하오."

노린은 남은 차를 단숨에 마신 뒤 다시 말했다.

"회주님뿐만 아니라 풍운회의 모든 사람들도 같은 아픔을 겪었으니 언제라도 장 형을 찾아갈 것이오. 물론 장 형을 이길 자신이 생겼을 때 그렇게 할 것이지만 말이오."

노린은 장권호가 고개를 끄덕이자 자리에서 일어섰다.

"이만 가보겠소. 이렇게 시간을 내주셔서 감사하오."

"즐거웠소."

장권호의 말에 노린은 곧 천천히 밖으로 나갔다. 그가 나가자 서영아가 아미를 찌푸렸다.

"결국 원한을 품겠다는 소리군요? 실력이 되면 언제라도 도전하겠으니 거절하지 말라는 뜻으로 보이네요."

"아무리 정당한 비무라 해도 패하고 나면 그 감정을 다스리는 일은 쉬운 게 아니다. 특히나 자존심이 강한 사람일수록 더하겠지."

"하긴…… 오라버니를 이길 정도가 되려면 평생 수련해도 못 할 테니 노린의 말은 신경 쓰지 않아도 되겠어요."

장권호의 말에 서영아는 노린을 무시하듯 말했다. 그렇게 말을 하고 나서야 그녀는 기분이 조금 나아지는 것을 느꼈다.

서영아가 문득 생각난 듯 물었다.

"풍운회가 장백파를 멸문시켰을 가능성이 높은데 저번 비무로 그 의심까지 모두 떨쳐버린 건가요?"

장권호가 서영아의 물음에 미소를 보이며 고개를 끄덕였다.

"그렇지. 복수도 이보다 더 큰 복수는 없을 거다. 하지만 의중만 가지고 복수니 원한이니 이런 말을 입에 담는 것은 옳은 일은 아니지. 나는 중원을 상대하는 것이지 풍운회를 상대하는 것이 아니다. 그러니 그런 말은 앞으로 입에 담지 말거라."

장권호가 당부하듯 말하자 서영아는 알겠다는 듯 고개를 끄덕였다. 장권호는 개인적인 원한보다 더 큰 명예를 원하고 있었다. 개인적인 원한은 그 속에 들어가는 일부분에 지나지 않았다.

강호에서 무적명의 이름을 가져오게 된다면 자연스럽게 모든 것이 해결되고 무거운 짐이 사라질 거라 여겼다. 그게 장권호가 원하는 일이었다. 물론 정당하고 당당하게 가져올 생각이었다.

"조 회주에게 패배는 죽음보다 더한 고통이겠지…… 하지만 견디고 이겨낸다면 무서운 고수가 될 거다. 그런 생각이 드는구나."

"패배를 이겨내면 누구라도 무서워져요. 저도 그렇게 변했잖아요."

서영아의 말에 장권호는 어깨를 다독여 주었다. 그녀만큼 많은 아픔을 가진 사람도 드물 거라 생각했기 때문이다.

그리고 그녀는 그 아픔들을 견디고 이겨냈기 때문에 지금 이렇게 자신의 옆에 있을 수 있었다.

장권호는 서영아가 대견해 보였다. 그도 이기지 못할 것 같은 자신과의 싸움을 이겨낸 그녀였다. 어쩌면 자신보다 더욱 단단한 마음을 가진 여자이지 않을까라는 생각도 들었다.

*　　　*　　　*

탕약 냄새가 가득 차 있는 방 안 한쪽에 조천천이 창백한 안색으로 의자에 앉아 있었다. 그의 앞에는 다 식어버린 탕약 그릇과 부러진 도가 놓여 있었다.

조천천은 창밖으로 정원을 그저 무심한 눈동자로 쳐다보고 있었다. 그의 주변은 조용했고 가끔 새들의 울음소리와 풀벌레의 소리만이 간간히 들릴 뿐이었다.

긴 침묵 속에 창밖을 보는 그의 표정 또한 별다른 감정이 보이지 않았다. 그저 흘러가는 바람에 실린 풀 냄새를 맡으며 시간을 보내는 듯 보였다.

사박! 사박!

풀을 밟으며 걸어오는 소리가 창밖에서 들려왔지만 그의 고개는 조금도 움직이지 않았다. 그 소리는 조금씩 가까워지더니 곧 방 안으로 들어왔다.

"약이 식었어요."

곁에 다가온 조선약이 탕약 그릇을 들었다. 그제야 조천천은 시선을 돌렸다. 그의 무심한 눈동자가 탕약 그릇을 보다 고개를 저었다.

"무엇도 먹고 싶지 않구나."

"몸을 생각해서라도 드세요."

조천천의 말에 조선약이 말했다. 그러자 조천천은 손을 저었다.

"이미 회복할 수 없는 병을 얻었는데 무엇 때문에 약을 먹는단 말이냐?"

"누구라도 패배는 경험한다고 들었어요. 그러니 그게 병이 될 수는 없어요. 이겨내야지요. 오라버니는 누구보다 강한 사람이에요. 패배 한 번으로 쓰러지면 안 돼요. 풍운회를 생각해서라도 건강하게 일어나셔야 해요."

조선약의 말에 조천천은 미간을 살짝 찌푸리다 곧 그녀의 손에 들린 탕약을 받아 마셨다. 그 모습에 조선약이 미소를 보였다.

"잘하셨어요."

조천천은 그릇을 내려놓으며 말했다.

"고향에 가고 싶구나."

"집이요?"

"그래."

조천천의 담담한 목소리에 조선약은 고개를 끄덕였다. 고향에 가면 그의 몸과 마음도 치유가 될 것 같았기 때문이다.

"언제 갈까요?"

"내일?"

"준비하라고 할게요."

조선약의 말에 조천천은 다시 창밖으로 시선을 돌렸다.

"혼자 있고 싶구나."

조천천의 말에 조선약은 대답 없이 조용히 그릇을 들고

밖으로 나갔다. 그녀가 나가자 조천천은 주먹을 움켜쥐고
몸을 떨었다.

죽음보다 더한 고통이 온몸을 타고 전해지는 것 같았다.
그것은 패배의 굴욕감이었다.

무엇보다 풍운회의 수많은 수하 앞에서 당한 패배였기에
그 상처는 더욱 클 수밖에 없었다. 그 상처는 영원히 남을
것이고 치유되지 않을 것이다.

시선을 돌린 그는 탁자 위에 놓인 반 토막 난 도를 바라
보았다. 자신과 함께한 도는 상처투성이였고 이제는 부러
져 더 이상 자신의 동반자가 될 수 없었다.

"너도 죽었구나."

조천천은 쓸쓸한 표정으로 도의 손잡이를 잡았다. 그러
자 그의 손이 저도 모르게 떨어야 했다. 그의 머릿속으로
죽음이 떠올랐기 때문이다.

패배의 굴욕감은 자신을 죽였다. 목숨은 붙어 있지만 숨
을 쉬는 게, 살아 있는 것이 아니었다. 숨을 쉬어도 정신은
죽었다.

지금까지 살아오면서 단 한 번도 굴욕감을 느껴본 적이
없었기에 그 감정이 죽음보다 더 아플 수밖에 없었다. 두
번 다시 경험하기 싫은 감정이었고 차라리 죽으면 그만이
란 생각도 들었다.

이런 패배감을 가슴에 안고 사는 것보다 차라리 죽는 게

낫다면 지금 죽어야 한다고 생각했다. 그런 생각이 들자 절로 손이 떨렸고 부러진 도 끝을 목 주변으로 가져갔다.

칼날은 상할 대로 상했지만 내력을 불어넣으면 무쇠라도 잘라버릴 위력이 생길 것이다. 아주 잠깐 내력을 넣으며 도기가 튀어나와 목을 갈라놓을 것이다. 아주 잠깐이면 되었다. 그 잠깐이면 목이 잘리지 않을까? 그런 생각이 들었다.

"편하겠지?"

가만히 중얼거렸다. 하지만 떨리는 손에 내력을 넣을 수가 없었다. 이상하게 몸에 힘이 안 들어갔기 때문이다.

슥!

조천천은 도를 탁자 위에 다시 내려놓았다.

"이러면 내가 귀문주와 같은 길을 가는 것인데 그럴 수는 없지."

장권호와 비무를 한 후 자결한 귀문주를 어리석은 사람이라고 비웃은 게 자신이었다. 그런데 자신도 같은 길을 가려고 한다는 사실에 화가 났다. 그런 감정을 잠시라도 가졌다는 것에서 자신의 무력함을 느껴야 했기 때문이다.

"살아야 하는 건가……."

조천천은 가만히 중얼거리며 깊은 숨을 내쉬었다.

고향으로 돌아가면 마음의 안정이라도 찾을 수 있을 것 같았다. 그리고 이 패배감과 가슴이 찢어질 것 같은 굴욕감과 고통에서 벗어날 수 있을 것 같았다.

"혼자 있고 싶으시데요."

밖으로 나온 조선약은 문 밖에서 대기하던 자청운과 이석옥을 보자 조용히 말했다. 둘은 고개를 끄덕였다.

이럴 때는 혼자 있게 놔두는 것이 오히려 좋다고 생각했기 때문이다.

"안색은 어떤가?"

"많이 좋아지셨어요."

자청운의 물음에 조선약은 애써 아무렇지도 않게 미소를 보였다. 하지만 여전히 근심이 가득한 눈동자를 하고 있었다.

누구보다 자존심이 강하고 긍지 높은 조천천이었기에 이번 패배의 아픔은 치유하기 어려운 상처였다. 그것을 잘 아는 그녀였다.

"내일 고향으로 출발해야 할 것 같아요. 오라버니가 고향에 가고 싶어 하세요."

조선약이 말하자 자청운은 조금 놀란 표정을 보였다. 고향에 가면 다시는 안 올 것 같은 기분이 들었기 때문이다.

"상처를 치료하는 곳으로 고향만큼 좋은 곳도 없지요. 좋은 결정이네요."

이석옥이 옆에서 고개를 끄덕이며 말하자 자청운도 깊은 숨을 내쉬며 고개를 끄덕였다. 이석옥의 말이 틀린 말은 아니었기 때문이다.

특히나 지금의 조천천에게는 육체보다 마음의 안정이 더욱 중요하다고 생각했다. 마음을 치유하기에 가장 좋은 곳은 자신이 태어나고 자란 고향이다. 추억도 있을 것이다. 그런 기억들은 마음의 상처를 치료해주는 가장 좋은 약이었다.

"그렇게 하게나. 준비하도록 하지."

"저도 같이 갈게요."

이석옥이 자청운의 말이 끝나자 급하게 말했다. 그러자 조선약이 조금 놀란 표정으로 그녀를 쳐다보았다. 이석옥이 그녀의 시선에 미소를 보이며 말했다.

"회의 일을 보고할 사람도 필요할 것 같아서요. 거기다 호위도 해야 하고요."

"좋은 생각이네."

자청운의 말에 조선약도 미소를 보였다.

"같이 가주시면 심심하지도 않고 좋을 것 같아요. 거기다 남자보다는 여자가 낫지요. 수다도 떨 수 있구요."

그녀가 기분 좋게 허락하자 이석옥도 고개를 끄덕였다.

다음 날 마차 한 대가 풍운회를 떠났고 마부석에는 양초랑이 앉아 있었다.

제6장

지우지 못하는 것

천기신공(天氣神功).

장백파의 비전신공으로 이름 그대로 하늘과 자신이 통하는 신공이었다. 오직 좌파의 제자들만이 익히는 천기신공은 장백파의 기본공인 일원공으로 내력을 쌓은 후 익히는 다음 단계 신공이었다.

물론 익히기도 어렵고 수련의 진척 역시 눈에 띄지 않는다. 하지만 분명 장백파에선 대성하던 사람이 있었고 지금은 장권호가 대성을 한 상태였다.

천기신공은 그동안 쌓은 내력을 바탕으로 하늘과 소통하는 단계를 익히는 것이다. 그렇게 수많은 시간을 천기신공과 함께 숨을 쉬게 되면 곧 자연체의 경지에 들어선다고 알려져 있었다. 하지만 아직 그 누구도 자연체에 다다른 사람은 없었다.

"후우……."

깊고 가느다란 숨이 끝없이 이어졌다. 가슴에 품은 모든 숨이 사라지고 나서야 눈을 뜬 장권호는 이제야 아침 햇살이 동산에서 빼꼼히 고개를 내밀고 있다는 것을 알았다. 이른 아침의 맑은 공기가 빈 폐부를 적시고 들어왔다. 그 느낌이 정신을 맑게 해주고 기분을 좋게 만들어주었다.

"이제는 가슴이 뛰는 소리조차 익숙한 기분이군."

장권호는 하루하루 시간이 지나갈수록 커지는 긴장감이 이제는 마치 당연한 일처럼 느껴졌다.

"일어나셨어요?"

어제와 같은 모습으로 나타난 서영아는 장권호가 침상에 앉아 있자 방으로 들어와 인사했다. 그녀의 손에는 물그릇이 들려 있었다.

장권호가 손을 뻗어 물그릇을 받아 마시자 서영아는 미소를 보였다. 장백파에서도 늘 이렇게 자신이 떠다 준 물을 마셨기 때문이다. 그 기억이 문득 떠올랐다.

"며칠 안 남았네요."

"그래."

서영아의 말에 장권호는 고개를 끄덕였다. 비무를 약속

한 날짜가 다가왔기 때문이다. 그 생각에 장권호는 다시 한 번 자신이 긴장하고 있다는 사실을 알았다.

"잠을 통 못 잤어요. 오늘도 아닌데 왜 그런지 모르겠네요."

"오늘 밤에도 잠을 못 자겠구나?"

"그럴지도 몰라요."

서영아가 다시 한 번 미소를 보였다. 그녀는 장권호가 일어나 내실로 나가자 뒤따라 나갔다. 내실에는 서영아가 미리 떠다 놓은 세숫물이 놓여 있었다. 장권호는 그 앞에 다가가 세수를 하고 얼굴을 닦았다.

그 모습을 서영아가 조용히 지켜봤다. 장권호가 편안한 표정으로 세수를 하는 모습을 바라보는 것도 기분이 좋았다. 무엇보다 좋은 것은 이제는 장권호가 자신을 편하게 생각한다는 것이다. 그만큼 장권호에게 자신의 존재가 커졌다는 사실이 좋았다.

"오라버니를 따라 다시 강호에 나온 건 정말 잘한 일 같아요."

"그래? 잘한 거라…… 왜?"

장권호가 의자에 앉으며 궁금한 표정으로 시선을 던지자 서영아가 그 앞에 차를 따르며 말했다.

"같이 있으니까요."

당연하다는 듯 말하자 장권호는 고개를 끄덕였다. 소중

한 사람과 함께 있는 것보다 좋은 일도 없기 때문이다.

"사실 가 언니나 종 언니에게는 미안하기도 해요."

"내하와 종 누나에게 미안하다니?"

"저 혼자만 재미있게 오라버니와 노는 것 같아서요."

서영아의 말에 장권호는 웃음을 보였다. 서영아는 다시 말했다.

"돌아가면 좀 혼날지도 모르겠네요."

"그럴 리가 있나. 나를 위해 함께 온 건데 내하나 누나가 화를 낼 리가 없지. 너무 걱정하지 마라."

장권호의 말에 서영아는 알겠다는 듯 고개를 끄덕였다. 곧 그녀는 뭔가 생각난 표정으로 말했다.

"꽤 많은 사람이 국선장에 왔는데 오라버니에게는 얼굴도 잘 안 보이네요. 모두 따로 모여서 오라버니의 험담을 하는 걸까요? 아니면 무공 연구라도 하는 걸까요?"

"사람이 찾아오지 않는 게 더 좋은 것 같구나. 쓸데없는 만남은 자제하고 싶으니까. 아마 그건 곡 선배도 같은 생각일 거다."

장권호의 말에 서영아는 이해한다는 표정을 지었다. 비무를 앞둔 당사자에겐 안정과 집중이 필요한 시기였기 때문이다. 이럴 땐 옆에서 관심을 주기보다 오히려 무관심하게 두는 것도 더 좋은 일이었다.

부산하게 움직이는 사람들의 발소리에 서영아는 얼른 밖

으로 향하며 말했다.

"식사하셔야죠? 준비 다 되면 부를게요."

"그렇게 해라."

장권호의 대답에 서영아는 재빨리 밖으로 나갔다.

＊　　　＊　　　＊

이른 아침 일어난 유진진은 가부좌를 하고 앉자 운기를 하기 시작했다. 그녀의 방은 따로 마련된 곳이었고 주변에는 아무도 없었다. 한참이 지난 후에야 사람들의 발소리에 눈을 뜬 유진진은 검을 손에 쥐고 자리에서 일어섰다.

식사를 마치고 방으로 돌아와 한가하게 오전 시간을 보내던 장권호는 가벼운 발걸음 소리에 눈을 반짝였다. 서영아의 발소리가 아니었기 때문이다.

사박! 사박!

가볍게 걸음을 옮기는 소리에 장권호가 고개를 돌리자 문 안으로 유진진이 모습을 보였다. 그녀의 손에는 검이 들려 있었고, 강한 기운을 눈에 담고 있었다. 그 모습만 보아도 결코 대화를 하기 위해 온 것으로 보이지는 않았다.

장권호가 자리에서 일어서자 유진진이 정색하며 말했다.

"정식으로 소개할게요. 저는 유진진이라 해요. 삼도천의 향비이고 복건 유가 사람이에요."

유진진이 정중히 인사하자 장권호가 미소를 보였다.

"제 소개는 알 테니 생략하겠소. 앉으시오."

장권호의 말에 유진진은 그의 앞에 다가와 의자에 앉았다. 하지만 그녀는 장권호를 쳐다보는 것이 아니라 다른 사람을 찾는 듯 주변을 둘러보고 있었다.

"무슨 일이오?"

장권호의 물음에 유진진이 말했다.

"서 소저를 만나고자 왔어요."

장권호는 그녀가 서영아를 찾자 고개를 끄덕였다.

"잠시만 기다리시면 올 것이오."

"네."

유진진은 낮은 목소리로 대답 후 다시 침묵했다. 장권호도 특별히 말이 많은 사람이 아니었기에 차를 마시며 침묵을 지켰고 시선을 돌려 창밖을 쳐다보며 명상에 잠겼다.

약간의 시간이 흐르자 조금 지루했는지, 아니면 무슨 말이라도 해서 이 어색한 분위기를 없애려는지 유진진이 먼저 입을 열었다.

"무적명의 이름을 가져가기 위해 오셨다고 들었어요."

"그렇소."

장권호가 미소를 보였다. 그의 말에 유진진이 살짝 아미를 찌푸렸다. 광오한 말을 아무렇지도 않게 했기 때문이다.

그런데 이상하게도 그 대답이나 태도가 건방지거나 과장되게 보이지 않았다. 오히려 마치 당연하게 느껴지자 오히려 기분이 상한 것이다.

"혈혈단신으로 전 강호에 도전을 하셨군요."

"전 강호가 아니라 중원이오."

장권호가 정정하라는 듯 말했다. 유진진은 잠시 그 말을 곱씹다 맞는 말처럼 들리자 고개를 끄덕였다.

"그렇게 되는 건가요? 전 강호가 아닌 중원이라⋯⋯."

유진진은 여전히 낮은 목소리로 중얼거렸다. 그녀는 곧 장권호에게 시선을 던졌다.

"무적명을 가져가시면, 아니, 그럴 일은 없겠지만 혹시라도 가져가게 된다면⋯⋯ 장 소협에게 불행이 따라가는 일이 될 거예요. 무적명의 무게를 이겨낼 자신은 있으신가요?"

"물론이오."

장권호는 여전히 당연하다는 듯 대답했다. 그 모습에 유진진은 다시 한 번 아미를 찌푸렸다. 하지만 화가 나거나 살심이 일어나지는 않았다. 자신의 존재가 장권호의 앞에선 그저 작은 풀벌레처럼 느껴졌기 때문이다.

유진진은 다시 말했다.

"장 소협이 부러워요."

그녀의 급작스러운 말에 장권호는 눈을 반짝였다. 유진

진이란 사람이 다른 사람을 부럽다고 말하는 게 조금은 이상하게 들렸기 때문이다.

그녀의 가문이나 그녀가 지닌 무공과 미모를 볼 때 남을 부러워할 것 같지는 않았는데 말이다.

장권호가 흥미 있는 눈빛을 던지자 유진진이 다시 말했다.

"어떻게 그 나이에 그토록 대단한 무공을 지녔는지……그뿐만 아니라 사내라는 것도요. 그저 모든 게 부럽다는 생각이 드네요."

유진진의 말에 장권호는 차를 마시다 입을 열었다.

"그저 단순히 겉모습만 보고 그런 생각을 하는 것이라면 솔직히 나는 유 소저가 부럽소."

"제가요?"

"그렇소."

장권호의 말에 유진진이 도대체 자신의 어떤 점이 부러운지 궁금하다는 표정으로 쳐다보았다.

"저는 장 소협보다 못난 사람이에요. 무공도 약할 뿐만 아니라 그저 유가라는 집안을 빼면 남에게 내세울 것도 없어요."

"가족이 있지 않소?"

장권호의 말에 유진진은 조금 놀란 표정으로 물었다.

"혼자신가 봐요?"

"그렇소."

장권호의 대답에 유진진은 입을 닫아야 했다.

"천하를 다 가진다 해도, 무적명이 된다 해도 그걸 기뻐해줄 가족이 없다면 외롭지 않겠소?"

장권호의 말에 유진진은 고개를 끄덕였다. 그의 말이 틀리지 않았기 때문이다.

"장 소협은 외로운 사람이군요."

"외롭지는 않지만 간혹 가족이 없다는 것이 마음을 허전하게 하는 것은 사실이오. 그리고 유 소저가 모시는 천주인 내 사형도 외로운 사람이오."

장권호의 말에 유진진의 표정이 굳어졌다. 지금까지 살면서, 아니, 유영천의 옆에 있으면서 단 한 번도 그런 생각을 해본 적이 없었기 때문이다.

그는 천주였고 천하를 다 가진 존재로만 보였다. 절대 외로움과는 거리가 먼 사람처럼 느껴졌다.

"삼도천에서 유 소저와 사형이 함께 나타난 것을 보고 꽤 친밀한 관계라고 생각했지만 그런 것도 아닌 모양이오?"

"제가 모시는 분이세요."

"그렇다면 사형 옆에 계시지 왜 온 것이오? 사형은 나와 달리 상당히 마음이 여린 분이오. 그건 내가 잘 알고 있소."

장권호의 말에 유진진은 살짝 기분이 나빴다. 자신보다 유영천에 대해 더 자세히 알고 있는 사람처럼 말을 했기 때문이다. 하지만 그렇다고 화를 낼 수도 없었다. 자신이 못 보던 유영천을 장권호는 봐왔기 때문이다.

"생각을 해보니 감상적인 분이란 것은 알겠네요."

유진진은 유영천과 산천을 유람하면서 가끔 그가 풍광 좋은 곳에서 시를 읊고, 악기가 있으면 악기를 연주하던 모습을 떠올렸다. 그런 모습이 그가 감성적인 사람이란 것을 말해주었다. 그것을 단순히 깨닫지 못한 것뿐이다.

장권호가 다시 말했다.

"사형에게 가족은 아마 나뿐일 것이오. 나에게도 가족은 이제 사형만 남았소. 외로울 것 같지 않소?"

"그렇군요."

유진진은 그 말에 미미하게 고개를 끄덕이며 수긍했다. 유영천을 가족이라 생각하는 장권호는 그를 찾아가고 있는 와중이었다.

장권호는 유영천을 이기려 했고 유영천은 장권호를 기다리고 있었다. 그리고 둘은 모든 것을 걸고 싸울 예정이다.

"내가 왜 이렇게 비무를 하고 다니는지 아시오?"

"모르겠어요."

"사형 앞에 서기 위함이오."

"천주님께 가는 거라면 당장 무이산으로 가시면 되지 않을까요? 천주님께서는 분명 만나주실 거예요."

"아니, 그렇게 가면 강호의 동도들은 나를 인정하지 않을 것이오. 내가 비무를 하는 이유는 사형 앞에 당당히 서기 위함이오. 천하제일을 가리는 자리에 설 수 있는 명성을 얻기 위함이오."

유진진은 지금의 명성보다 더욱 높이 올라가겠다는 그 뜻을 이해했다. 그 끝에는 무적명이 있고 유영천이 있는 것이다.

강호는 당연히 유영천과 장권호의 비무를 바랄 것이다.

"쓸데없는 말이 많았구려."

"아니에요. 장 소협의 말을 들으니 저는 아직 천주님에 대해 아무것도 모르는 것 같군요. 다음에 천주님을 만나면 장 소협과 만난 일을 이야기해야겠어요. 아마 기뻐하실 거예요."

"그래주시오. 그리고 조금만 기다려 달라는 말도 해주시오."

"분명히 전하지요."

유진진의 대답에 장권호는 미소를 보인 후 다시 말했다.

"기다리는 사람이 온 것 같소."

장권호의 말이 끝나는 순간 소리 없이 서영아가 유진진의 등 뒤에 나타나 그녀의 어깨에 검을 올려놓았다.

슥!

유령처럼 나타난 그녀의 기척과 행동에 유진진의 표정이
굳었다.

"왜 네가 여기에 있지? 무슨 일로 왔어?"

서영아의 목소리에 유진진이 아미를 찌푸리며 대답했다.

"서 소저를 보고자 왔어요."

"나를?"

"그래요."

유진진이 고개를 끄덕이자 서영아는 검을 거두며 장권호
의 옆으로 다가가 섰다. 그녀는 곱지 못한 시선으로 유진진
을 바라보며 다시 물었다.

"내게 볼일이 있다고? 솔직히 나는 네게 볼일이 없는
데?"

"묵은 감정은 풀어야지요."

유진진이 차갑게 말하자 서영아의 눈빛이 싸늘히 식어
갔다. 본래 삼도천 사람들을 그리 좋아하지 않았고, 유진
진은 자신에게 살기를 보이는 인물이었기에 차가운 기운을
보인 것이다. 호의적이었다면 그렇게 대하지는 않았을 것이
다.

하지만 유진진은 분명 서영아에게 호의적이지 않았고 무
엇보다 그녀는 장권호를 죽이려 했던 삼도천의 사람이었
다. 그 기억 때문에 더더욱 유진진에게 좋게 대할 수 없었
다.

"묵은 감정은 없을 텐데? 여전히 삼도천에서의 일 때문에 그러니?"

서영아의 물음에 유진진은 당연하다는 표정으로 고개를 끄덕였다. 누가 동료들의 죽음에 슬퍼하지 않을 것이며 화가 나지 않을 것인가? 유진진은 당연히 서영아에게 감정이 남아 있었다.

"네 실력이면 굳이 죽이지 않더라도 충분히 제압했을 텐데? 난 그게 화가 나."

유진진의 말에 서영아는 싸늘한 표정으로 대답했다.

"내가 그러지 않았다면 죽은 사람은 오라버니겠지. 나는 부상당한 오라버니를 공격하던 삼도천에게 대항하기 위해 검을 들었을 뿐이야. 그러니 그 일은 정당한 일이었고 비겁했던 것은 오히려 삼도천이라고 생각하는데?"

서영아의 말에 유진진은 싸늘한 표정으로 자리에서 일어섰다. 삼도천에서 협공을 한 것도 아는 사실이었고 부상당한 장권호를 죽이기 위해 회의 장로들이 나간 것도 아는 사실이었다.

하지만 그렇다 해도 동료들이 죽은 것도 변하지 않는 사실이었다.

"서 소저와 겨루고 싶군요."

유진진의 말에 서영아는 재미있다는 듯 차갑게 미소를 보였다. 장권호가 자리에서 일어섰다.

"내가 봐 주겠소."

장권호의 말에 서영아와 유진진이 동시에 고개를 끄덕였다. 장권호가 말했다.

"어디까지나 비무이니 서로 다치는 일이 없었으면 하오."

장권호는 당부의 말을 하였으나 둘은 대답하지 않았다. 서영아의 입장에선 유진진이 달갑지 않았고, 유진진도 서영아가 자신보다 고강한 무공을 소유했다는 사실 자체가 마음에 들지 않았다. 그녀는 사파였기 때문이다. 마음속으로 그토록 우습게 여기고 발아래로 여겼던 사파 여자가 자신보다 무공이 고강하다는 사실이 싫었고 자존심이 상했다.

무엇보다 서영아가 자신과 비슷한 또래라는 사실이 그녀의 자존심에 타격을 입힌 것이다. 그날 이후로 유진진은 지금까지 꽤 힘든 수련을 견디면서 무공을 익혔다.

뒤뜰의 넓은 공터에 마주 선 두 사람은 삼 장의 거리를 두고 서 있었다.

장권호는 그 둘과 조금 떨어진 곳에 팔짱을 끼고 섰다. 그의 시선은 두 사람을 모두 담고 있었다.

서영아는 검을 뽑지 않았으며 검을 검집째 잡고 있었다.

스릉!

먼저 검을 뽑은 것은 유진진이었다. 그녀는 차가운 한광이 발하는 검을 든 뒤 서영아를 노려보았다.

"검을 뽑으세요."

"그럴 가치가 있다면."

"많이 무시하는군요?"

"내가 왜 검을 뽑지 않고 있는 건지 그건 스스로도 잘 알 텐데?"

서영아의 말에 유진진은 자존심이 상하고 인정하기 싫지만 안다는 듯 고개를 끄덕였다. 이미 그녀와는 한 번 겨뤄보았고, 그때 손도 못 써보고 당했던 기억이 있었다.

"후우……."

막상 이렇게 서영아의 앞에 서 있으니 절로 온몸이 긴장으로 굳어지는 것을 느껴야 했다. 자신도 모르게 긴 숨이 거칠게 튀어나왔고 심장은 크게 뛰기 시작했다.

"선수를 양보하겠지요?"

유진진의 물음에 서영아가 고개를 끄덕였다. 그러자 유진진이 호흡을 가다듬고 재빨리 앞으로 나아갔다.

파팟!

그녀가 빠르게 접근하며 서영아의 가슴으로 검을 겨누고 들어갔다. 서영아의 가슴 앞으로 파고드는 속도는 빨랐으며 쾌속한 바람 소리가 그녀의 뒤를 따랐다.

쉬쉭!

검을 움직이자 날카로운 소리가 울렸고, 검의 그림자가 섬뜩하게 서영아의 가슴에서 목을 노리고 꺾였다.

그 순간, 서영아가 검을 들었다.

땅!

검집과 검이 부딪치자 금속음이 울렸다. 유진진은 충격으로 반보 물러섬과 동시에 회전하며 서영아의 허리와 가슴을 베어갔다. 상당히 빠른 응수였지만 서영아의 눈에는 그저 느리게만 보였다.

따당!

서영아는 미동도 하지 않고 검집을 움직여 유진진의 공격을 막았다. 유진진은 빠르게 좌우로 움직이며 서영아의 전신을 노리고 검을 찌르고 베었다.

따다다당!

금속음이 요란하게 울려 퍼졌고 서영아의 손이 수십 개로, 유진진의 환영은 다섯 개로 보였다. 그만큼 빠르게 움직이는 유진진이었다. 하지만 서영아는 여전히 거의 움직이지 않았다.

"옥녀검법이로군."

서영아가 검을 막으며 말하자 유진진은 고개를 끄덕이며 뒤로 다섯 걸음이나 물러섰다. 그녀는 한쪽 다리를 들고 마치 학이 서 있는 것 같은 자세로 서더니 검 끝을 서영아에게 겨누었다.

"이제부터는 좀 다를 거예요."

쉭!

말이 끝남과 동시에, 유진진의 신형이 좌우로 흔들리더

니 검날도 수십 개의 환영과 함께 흔들리기 시작했다. 그 궤적이 일정하지 않자 서영아의 눈이 커졌다. 전에도 본 적 있는 검법이기 때문이다.

"호접검(胡蝶劍)!"

서영아는 유영천이 썼던 호접검의 모습을 떠올렸다. 불규칙적인 수많은 검의 환영과 기이함이 그녀를 놀라게 한 것이다.

유영천의 호접검을 그녀가 익혔다는 사실이 상당히 놀라웠다. 장권호도 팔짱을 풀며 놀란 표정으로 유진진과 그녀의 움직임을 쳐다보았다. 호접검을 펼친 유진진의 모습에서 유영천을 찾았기 때문이다.

단지 유영천과 다른 게 있다면 나비가 없다는 점이었다. 유영천은 나비를 만들었고 유진진은 그러지 못한 상태였다. 그 차이는 분명 명백했다.

따다다당!

서영아가 드디어 발을 움직이며 검집으로 사방에서 밀려드는 검기를 쳐내기 시작했다. 그녀가 빠르게 발을 움직이자 유진진의 검기가 조금씩 사라져갔다.

핏!

흔들리는 검기 속에서 밝은 기운과 함께 나비 한 마리가 서영아의 미간 사이로 날아들었다. 환영 같은 그 모습에 서영아는 재빨리 우측으로 물러나 피했으며 검기 사이로 모습을 보인 유진진을 향해 검을 찔렀다. 처음으로 공격을 한 것이다.

쉭!

날카로운 바람 소리와 함께 호접검의 검기 사이로 서영아의 검집이 날아들자 유진진은 놀란 표정으로 신형을 돌리며 그녀의 검집을 피했다.

단 한 수로 호접검의 연계를 멈춘 것이다. 유진진은 설마 하니 자신의 검기를 뚫고 서영아의 검집이 나타날 거란 생각을 못 하였기에 매우 놀란 상태였다. 무엇보다 잠깐 보인 빈틈으로 들어온 한 수였다.

아주 잠시 서영아의 검집을 피한 후 다시 공격하려는 찰나 십여 개의 바람 소리가 동시에 일어나더니 무색투명한 파도 같은 기운들이 눈앞으로 날아들었다. 서영아가 검집으로 비신검법을 펼친 것이다.

쉬쉬쉭!

칼날이 날아오는 것 같은 날카로운 소리는 위험하다는 사실을 알려주었고 유진진은 몸을 돌리며 빠르게 서영아가 만든 검풍을 검기로 갈랐다.

쉬익! 하는 소리와 함께 강한 검기를 뿌리며 서영아를 향해 나아가자, 서영아가 유진진을 향해 반보 나서며 검집째 빠르게 원을 그렸다.

피핑!

순간 다시 한 번 바람이 일어나더니 원형의 회색 기운들이 십여 개나 고리처럼 일어나 유진진의 전신을 감쌌다. 유진진은 놀라 접근하던 발을 멈춰야 했고, 오히려 뒤로 물러나며 내력을 일으켜 호접검을 펼쳐야 했다.

따다다당!

검기와 검기가 마주치자 금속음이 울렸고 그 사이로 서영아가 앞으로 나서며 유진진의 어깨를 찍었다. 유진진이 얼른 옆으로 반보 물러서며 막으려는 찰나, 서영아의 검집이 눈앞에서 흔들렸다.

쉬쉭!

십여 개의 검집이 다시 나타나자 유진진은 입술을 깨물며 뒤로 물러섰다.

따다당!

서영아의 검집을 막는 것만으로도 절로 인상을 찌푸려졌다. 부딪칠 때 일어나는 강력한 충격 때문이다. 강한 내력을 싫은 검집이었기에 막는 것으로도 손목이 아파왔다.

하지만 피하는 것보다 막는 게 이득이었다. 그래야 다시 공격을 할 수 있기 때문에 뒤로 물러서면서도 막아냈다. 어느 순간, 등 뒤에 차가운 벽이 느껴졌다.

턱!

"헉!"

유진진의 표정이 굳어졌다. 어느새 자신이 담장까지 물

러선 사실을 알아챘기 때문이다. 서영아가 삼 장 앞에서 검집을 눈앞에 들었다. 그 순간, 그녀가 유진진의 눈앞에서 사라지는 듯하더니 어느새 반 장까지 접근해 검집으로 왼 어깨를 찍었다.

유진진이 급박하게 회전하며 좌측으로 몸을 피하려는 순간, 서영아의 검집이 그녀의 왼 어깨를 찍었다.

퍽!

"큭!"

유진진은 회전하려던 몸 그대로 충격을 받으며 벽에 부딪혀야 했고 차가운 눈동자로 서영아를 노려보았다. 오른손으로 어깨를 누르는 검집을 잡아 힘주어 빠져나오려 했지만 마치 못이라도 박은 듯 검집은 움직이지 않았고, 더더욱 강한 힘으로 눌러왔다.

"크으윽!"

유진진이 다시 한 번 신음을 내뱉으며 인상을 썼다. 온몸이 마비되는 고통이 전해져왔기 때문이다. 서영아의 오른손이 어느새 번개처럼 움직여 유진진의 마혈을 점했다. 그후 그녀는 검집을 거두고 뒤로 한 발 물러섰다.

"마음 같아서는 좀 더 두들겨 패고 싶지만 오라버니가 보고 있으니 이 정도로 해두지."

서영아가 슬쩍 곁눈으로 멀리 떨어진 장권호를 보면서 말했다. 그녀의 차갑고 싸늘한 목소리가 유진진의 귓가에 또렷이 들렸다. 장권호가 아니었다면 반은 죽였을지도 모르는 일이었다.

"삼도천 때문에 오라버니가 얼마나 고생을 했는지 너는 모른다. 그걸 안다면 이렇게 나오지도 못하겠지."

서영아가 다시 말하자 유진진이 입술을 깨물며 말했다.

"이번에 졌다고 해서 영원히 진 것은 아니야. 내가 살아 있는 한 언제라도 네 앞에 나타날 테니까."

"보기보다 독한 면이 있나보군."

서영아가 그녀의 말에 미소를 보이고 고개를 끄덕이며 대답했다. 서영아는 재미있다는 듯 다시 말했다.

"나는 지금까지 네가 겪어보지 못하고, 상상도 못 해본 고통을 이겨내며 살아왔어. 그런 내가 고작 너 하나 때문에 두려워할 거라 생각했다면 오산이야. 나를 이길 자신이 있다면 찾아와도 돼. 하지만 다음엔 목숨을 거둘 테니 그렇게 알아."

서영아의 차가운 목소리에 유진진은 어금니를 깨물었다. 서영아는 곧 뒤로 물러서며 그녀의 마혈을 풀었고 유진진은 왼 어깨를 잡으며 천천히 문 쪽으로 걸어갔다.

그녀가 문밖으로 사라지자 서영아는 얼른 장권호의 앞으로 다가갔다.

"제가 좀 심했나요?"

"아니, 적당했어."

장권호는 고개를 저었다. 압도적인 실력 차이를 보여주는 것도 나쁘지 않았기 때문이다. 유진진은 분명 강한 고수가 될 것이다. 그리고 오늘의 비무는 그녀에게 상당한 약이 될 거라 생각했다.

"저는 저들을 이해할 수가 없네요. 자기들이 오라버니에게 어떤 짓을 하고, 어떻게 대했는지 생각한다면 부끄러워서 얼굴도 들 수 없을 텐데 말이에요."

"너도 예전보다 많이 유해졌구나. 전에는 무조건 살검(殺劍)을 들었을 텐데 요즘은 그러지 않는 것을 보니 말이다."

"저는 귀문의 서영아가 아니라 장백파의 서영아잖아요."

그녀의 말에 장권호는 고개를 끄덕이며 서영아의 어깨를 다독였다.

"들어가자."

"예."

장권호가 안으로 들어가자 그 뒤를 서영아가 따랐다.

＊　　　＊　　　＊

작은 다탁 사이로 남궁명과 제갈수가 앉아 있었다. 그들의 앞에는 다과상이 차려져 있었으며 둘은 소소한 대화를 이어가고 있었다.

남궁명이 말했다.

"나는 어릴 때 스스로 내 자신이 천재라고 생각했었지."

"그랬나?"

제갈수의 물음에 남궁명은 고개를 끄덕였다. 그는 먼 산을 바라보며 다시 말했다.

"나만큼 똑똑하고 뛰어난 사람은 없다고 생각했어. 그게, 그럴 수밖에 없던 것이 세가의 모든 사람들이 나를 칭찬하고 뛰어나다고 추켜세웠기 때문이야. 대단하다느니, 천재라느니…… 말이지. 무공도 자신이 있었고 내 또래 중에는 내가 최고라고 생각했지."

남궁명의 말에 제갈수는 가만히 고개를 끄덕였다. 남궁명이 다시 말했다.

"사실 그때는 누구보다 잘나간다고 여겼거든. 가문의 명성에 꽤 많은 결투가 있었고 모두 이겼지."

"그랬지."

제갈수가 동조하자 남궁명은 가만히 미소를 보이며 다시 말했다.

"거기다 무천자 님께 선택되어 무공도 배우게 되었고 말이야. 하늘 높은 줄 모르고 살았지. 그런데 지금 생각해보면 다 고만고만한 놈들과 싸웠었고 적당한 놈들과 비교했던 것인지도 몰라."

"그런가?"

제갈수는 살짝 미간을 찌푸리며 정말 그랬는지 떠올렸

다. 남궁명은 고개를 끄덕이며 차를 마신 뒤 다시 말했다.

"이제야 느끼는 거지만 천재는 따로 있고 하늘과도 같은 무공을 익힐 수 있는 사람은 정해져 있다는 기분이 들어."

제갈수가 그 말에 선선히 고개를 끄덕였다. 남궁명이 다시 말했다.

"오직 하늘이 정해준 사람만이 천하를 논할 그런 고수가 된다고 생각하네."

"나도 사실 자네처럼 어릴 때는 천재라고 생각했었네."

"하하하! 그랬나?"

"나도 그랬거든 세가의 모든 사람들이 천재라고 치켜세웠으니까. 그런데 세상에 나오니, 나는 범인이더군."

"그렇지. 나도 같은 생각이네."

"특히나 풍운회주나 장권호 같은 인물들을 보면 더욱 그런 생각이 드네. 거기다 사파에는 녹사랑이 있지. 그들은 분명 우리보다 뛰어난 천재이네. 그게 싫어. 마음에 안 드는 일이지."

제갈수의 말에 남궁명은 미소를 보였다. 자신도 같은 생각이었기 때문이다. 남궁명은 고개를 끄덕이며 말했다.

"나나 자네는 천재가 아니었던 거네. 우리는 그저 범인이었던 것뿐이야."

"이제라도 깨달았으니 열심히 노력해야겠네. 범인이라도 노력하면 천재를 뛰어넘지 않겠나?"

"일단 노력은 하겠지만 쉽지는 않겠지."

남궁명의 말에 제갈수는 미소를 보였다. 그 때 식은땀을 흘리며 유진진이 들어왔다. 그녀는 안에 앉아 있는 남궁명과 제갈수를 보더니 말했다.

"저는 이만 가봐야겠어요. 더 이상 이곳에 있어봤자 밥만 축낼 것 같네요."

"어디 아픈가? 안색이 안 좋아."

남궁명의 물음에 유진진은 고개를 저었다.

"아니에요. 몸 상태가 좋지 않은 것뿐이에요."

유진진은 서영아와의 비무를 숨겼다. 이들에게 말해줘봐야 쓸데없는 일만 일어날 것 같았기 때문이다.

"저는 먼저 무이산으로 갈 테니 두 분은 비무 결과를 듣고 오도록 하세요."

"혼자 가겠다고? 그렇게는 안 돼."

제갈수가 자리에서 일어나 말했다. 그러자 유진진이 고개를 저었다.

"혼자 갈게요."

"아무리 네가 무공에 자신이 있다 하여도 여자 혼자 돌아다녀도 될 만큼 녹록한 세상이 아니다. 그러니 갈 거면 함께 가자."

남궁명도 일어나 말하자 유진진은 조금 화난 표정으로 둘을 바라보았다. 자신을 연약한 여자로 대했기 때문이다.

자존심이 상하는 일이었다.

"저는 그렇게 약한 여자도 아니고 강호를 모르는 것도 아니에요. 그리고 어린애도 아니에요. 그러니 저를 연약한 여자로 대하는 것은 그만둬주세요."

유진진의 말에 남궁명과 제갈수는 입을 다물었다. 그녀의 화난 표정 때문이다. 유진진은 짧은 숨을 내쉰 뒤 다시 말했다.

"이만 가볼게요. 무이산에서 봬요."

그녀가 혼자 떠나겠다는 강경한 입장을 말하자 남궁명과 제갈수는 더 이상 말릴 수 없다는 사실을 알고 허락했다. 어차피 말려도 떠날 것이기 때문이다. 하지만 그녀가 떠난다고 함께 갈 수도 없는 입장이었다.

곡필과 장권호의 비무 결과를 알아야 했고, 이왕이면 그 모습을 눈으로 봐야 했기 때문이다. 물론 보는 일은 어렵겠지만 그래도 이곳에서 상황을 지켜봐야 할 의무가 있었다.

"그래."

"알았다."

둘의 대답에 유진진은 곧 신형을 돌려 자신의 방으로 향했다. 그리고 떠나기 전 잊지 않고 국선장 식구들에게 인사를 하고 무이산으로 향했다.

*　　　*　　　*

국선장의 가족들이 모두 모여 식사를 하는 식당 안은 쥐
죽은 듯 조용했다. 오직 젓가락 움직이는 소리와 그릇 소리
만이 실내를 맴돌았다. 비무 날이 다가올수록 식구들은 더
더욱 말을 잃어갔고 국선장은 엄숙한 분위기에 휩싸였다.

한동안 말없이 식사를 하던 국선장의 식구 중 곡영영은
주변을 살피다 젓가락을 내려놓으며 조금은 신경질적인 말
투로 말했다.

"언제까지 이렇게 죽은 듯이 있어야 해요?"

"왜 그러느냐?"

곡원이 묻자 곡영영은 조금 화난 표정으로 다시 말했다.

"도대체 왜 우리가 적을 안에 들여야 하고, 또 왜 그놈
때문에 이렇게 우리가 조용히 있어야 하죠? 다들 말이 너무
없잖아요? 전에는 그러지 않았는데 요즘 들어 집안 분위기
가 너무 무거운 것 같아요. 이런 분위기 정말 싫어요."

"적이 아니라 아버님의 손님이다."

곡원이 곡영영의 말에 인상을 찌푸리며 말하자 곡영영은
인상을 쓰며 일어섰다.

"말도 안 돼요. 어떻게 손님이에요? 적이잖아요? 그놈
은 할아버지를 이기기 위해 온 침입자라고요. 그런 자를 받
아들인다는 사실이 말이 안 되는 것 아닌가요? 지금이라도
집 밖으로 쫓아내야 하는 거 아니냐구요!"

"투덜거리지 말고 앉거라."

곡원의 엄중한 목소리에 곡영영이 대답했다.

"그놈을 만나 나가라고 해야겠어요."

"영영아."

곡원이 인상을 썼으나 곡영영은 뒤도 안 돌아보고 밖으로 나갔다. 그녀가 나가자 곡성이 급하게 자리에서 일어섰다.

"제가 따라가겠습니다, 아버님."

"그래. 사고치지 못하게 하거라."

"예."

곡성이 대답 후 재빨리 곡영영을 따라 나갔다. 곡원은 아들과 딸이 나가자 깊은 한숨을 내쉬며 고개를 저었다. 그러자 옆에 앉은 그의 부인이 말했다.

"솔직히 저도 불만이에요. 우리가 왜 그자에게 호의를 베풀어야 하는지 모르겠어요."

그녀의 말에 곡원은 천천히 말했다.

"아버님은 강호인이고 나도 그런 아버님을 존경하고 있다오. 그는 아버님을 찾아온 사람이고, 비무 또한 아버님이 허락한 일이오. 무엇보다 전 강호의 이목이 집중된 중요한 일전이오. 그런데 우리가 손님을 내쳤다고 하면 강호의 동도들이 과연 좋아할 것 같소? 우리를 소인배라 욕할 것이오."

"그럴 수도 있겠네요."

부인이 이해했다는 듯 고개를 끄덕이자 곡원은 짧은 숨을 내쉬고 다시 말했다.

"솔직히 나도 마음은 영영과 같다오."

곡원의 말에 그의 부인이 그의 어깨를 다독였다.

자신의 방으로 향하는 곡영영을 향해 곡성이 빠르게 다가왔다.

"영영아."

곡성의 부름에 곡영영은 인상을 쓰며 걸음을 멈추곤 고개를 돌렸다. 그러자 곡성이 다가와 말했다.

"왜 그렇게 화를 내니?"

"오라버니는 화도 안 나요? 그자는 분명 할아버님을 이기기 위해 온 자예요. 그런 자와 함께 있다는 게 말이 돼요? 여기는 우리 집이라고요. 왜 그자 때문에 우리 모두가 이렇게 정숙해야 하지요? 제집이 아닌 것 같은 기분이에요."

"그래서 따지기라도 하겠다는 것이냐?"

"장권호인지 장돼지인지 얼굴이라도 봐야겠어요. 이왕이면 나가라고 해야지요."

"그만두거라."

"왜요? 할 말은 해야죠."

곡영영의 말에 곡성은 고개를 저었다.

"할아버지께서 귀빈으로 대하라 하렸다. 다 생각이 있으시니 그런 게 아니겠니. 우리는 그저 조용히 있으면 된다. 그게 할아버지를 도와주는 일이야."

곡성의 말에 곡영영은 인상을 찌푸렸다. 그녀는 곧 발걸음을 돌리더니 빠르게 말했다.

"할아버지께 가야겠어요."

"영영아, 지금 할아버지를 만나면 안 된다."

"아니, 왜요? 할아버지도 못 본다는 게 말이 돼요?"

"비무 전이지 않니. 이틀만 참거라."

곡영영은 곡성의 말에 다시 한 번 인상을 쓰며 땅을 발로 찼다. 자신도 그 사실을 알고 있기 때문이다. 그리고 무엇보다 비무 전에 심기를 불편하게 하는 짓은 할 수 없었다.

"도대체 할 수 있는 게 아무것도 없어."

투덜거리던 곡영영은 문득 고개를 들며 좋은 생각이라도 난 것처럼 작게 웃었다.

"장권호를 만나러 갈게요."

"아니, 왜 그러느냐?"

"비무 전이잖아요? 그자의 심기를 불편하게 해야겠어요."

"그러지 마라."

곡성이 말리듯 말하자 곡영영은 혀를 내밀곤 빠르게 걸음을 옮겼다.

"영영아."

"말리지 마세요. 아니면 오라버니도 함께 가든가요?"

곡영영의 말에 곡성은 잠시 망설였다. 사실 자신도 장권호가 싫었기 때문이다. 그리고 그자와 아직 단 한 번도 제대로 된 대화조차 못 했다.

강호의 십대고수를 면전에서 보는 일도 흔한 일이 아니었기에 보고 싶은 마음도 있었다. 또한 곡영영이 혹여 실수라도 하지 않을까 걱정되었다.

"그래, 알았다. 그러자."

후원을 산책하고 방으로 돌아온 장권호는 곡성과 곡영영이 내실에 앉아 있자 미소를 보이며 다가갔다. 이미 인사를 나눈 사이였기에 그들이 누구인지 장권호는 잘 알고 있었다.

"안녕하세요."

"불쑥 찾아와서 죄송합니다."

곡영영과 곡성이 장권호가 들어오자 급하게 자리에서 일어섰다. 둘의 모습에 장권호가 손을 저으며 말했다.

"아니요."

장권호가 앉자 두 사람은 곁에 앉았다.

"두 분께서 어인 일로 나를 찾아오셨소?"

장권호의 물음에 곡성과 곡영영은 잠시 말을 하지 못하고 서로 얼굴만 쳐다보았다. 막상 장권호가 눈앞에 있으니 싫은 소리를 못 하게 된 것이다. 무엇보다 그의 은은한 기도가 범상치 않게 느껴져 함부로 대할 수 없었다.

"그냥 호기심에 와봤어요."

곡영영이 조신한 표정으로 말했다. 그녀의 모습에 곡성이 황당하다는 듯 곡영영을 바라보았다. 지금까지 저런 모습을 보인 적이 거의 없었기 때문이다.

"그런데 장 소협은 나이가 어떻게 되세요?"

"스물일곱이오."

"어머? 굉장히 젊으신데 정말 대단하세요."

곡영영은 짐짓 놀란 표정으로 말했다. 그녀의 말에 곡성은 다시 한 번 인상을 찡그려야 했다.

곡영영은 막상 장권호와 마주하자 할 말을 잃었다. 그의 강렬한 기운을 느꼈기 때문이다. 무엇보다 그와 이렇게 같은 자리에 앉아 있는 것도 쉬운 일이 아니었으며 대화를 나누는 것도 영광스러운 일이라 생각되었다.

"한번 뵙고 싶었어요. 정말 영광이에요."

"과찬이오."

곡영영의 나긋한 목소리에 장권호는 손을 저었고 곡성은 고개를 돌려 다시 인상을 써야 했다. 닭살이 돋았기 때문이다.

한참 동안 장권호와 대화를 나눈 곡영영과 곡성은 점심
시간이 다가오자 자리에서 일어섰다.

밖으로 나가 곡성이 곡영영에게 말했다.

"나가라는 말을 하려고 간 거 아니었니?"

곡성의 물음에 곡영영이 혀를 내밀며 대답했다.

"생각해보니까 십대고수의 반열에 올라 있는 강호의 기
린아가 밖으로 나가면 언제 다시 이렇게 곁에서 대화를 나
누겠어요? 거기다 젊고 잘생겼잖아요? 무엇보다 멋있어요.
거기다 강하고…… 어떤 여자라도 다 좋아하지 않을까요?"

곡영영이 웃으며 말하자 곡성은 고개를 저었다. 그리고
곡영영도 여자라고 생각하자 문득 귀엽다는 생각도 들었
다.

"그래. 네 말이 맞다."

곡성은 깊은 숨을 내쉬고 먼저 움직였다. 그 뒤로 곡영영
이 웃으며 따라 걸었다.

"왜 온 거예요?"

"글쎄? 나도 잘 모르겠는데?"

서영아가 안으로 들어오다 밖으로 나가는 곡씨 남매를
보고 물었다. 장권호는 고개를 저었고 서영아는 장권호의
앞에 앉았다.

"소정명을 만나봤는데 풍운회주가 고향으로 돌아갔다고 하더군요."

"그래?"

"네. 그리고 삼도천의 움직임은 자신도 잘 모른다고 하네요. 그 외에는 소소한 강호의 사건들을 들었어요."

장권호는 그녀의 말에 고개를 끄덕이며 차를 마셨다. 그러자 서영아가 눈을 반짝이며 다시 말했다.

"신경 쓰이는 사건이 있었어요."

"뭐지?"

"수정궁의 추씨 자매가 외부 활동을 안 하고 있다는 점이에요. 무엇보다 수정궁에서 고수가 몇 명 빠져나갔다는 보고도 있었다고 하네요."

그녀의 말에 장권호도 굳은 표정을 지었다. 추씨 자매는 서영아뿐만 아니라 자신과도 원한이 있기 때문이다. 서영아가 문득 충동적으로 말했다.

"수정궁에 가보고 싶네요."

"그건 안 된다."

장권호가 잘라 말하자 서영아는 더 이상 입을 열지 않았다. 만약 서영아가 수정궁에 간다면 분명 피를 보게 될 것이다. 크게 싸울 것도 불 보듯 뻔하다. 그것을 너무 잘 아는 장권호였기에 잘라 말한 것이다.

"추씨 자매가 나타나면 어떻게 하실 건가요?"

"잘 모르겠구나."

장권호가 서영앙의 물음에 고개를 저었다.

"만약 추씨 자매가 나타난다면 제가 처리하게 해주세요."

"죽일 생각이구나?"

"과거였다면 그랬을지도 몰라요. 하지만…… 지금은 잘 모르겠네요. 그래야 할지 말아야 할지……."

서영아의 말에 장권호는 씁쓸한 표정으로 서영아를 바라보았다. 추씨 자매에게 당한 상처가 너무 큰 서영아였다.

추씨 자매는 그녀에게 평생 지울 수 없는 상처와 아픔을 준 사람들이다. 서영아가 마음을 고쳐먹고 불가에 귀의해 부처가 되지 않는 이상, 절대로 용서할 수 있는 원한이 아니었다. 그것을 너무 잘 아는 장권호였다.

서영아는 그 끔찍한 얼굴의 상처들과 하루하루를 죽음과 싸워야 했다. 그 굴욕적인 삶을 견디며 산 그녀였다.

개 취급을 당했고 온몸을 유린당하기도 했다. 그녀가 지금은 비록 애써 웃고 있지만, 마음 깊숙한 곳에 난 그 상처는 아물지 않은 상태였다. 아니, 평생 가지고 갈 상처다.

추씨 자매의 이야기를 하자 서영아는 자신도 모르게 어깨를 떨었다. 과거 기억이 생생하게 다시 떠오른 것이다.

"잘 모르겠어요. 정말 잘 모르겠어요."

서영아는 같은 말을 반복하며 중얼거렸다. 그녀의 모습

에 장권호는 걱정스러운 표정으로 말했다.

"그들은 내게 원한이 있으니 분명 내 앞에 나타나겠지. 그때 네 문제도 해결하자."

"네."

서영아가 조용히 대답했다. 장권호는 그런 서영아의 어깨를 다독여주었다.

다음 날, 곡필은 장권호에게 점심을 같이 먹자고 전했다. 국선장에 들어온 이후 처음으로 곡필과 함께하는 식사였다.

간단한 대화가 오갔고, 식사가 끝나자 자리를 옮겨 차를 마셨다. 그 자리에는 청영도 있었는데 그는 거의 말이 없었다.

청영 도장에 대한 인상은 상당히 좋은 편이었다. 무당파의 제자답게 선한 얼굴과 미소가 좋았으며, 현기마저 느껴졌다. 그런 청영이 비무를 참관하는 사람이 되었기에 장권호는 만족하고 있었다.

부드러운 분위기와 편한 표정으로 대화를 나누는 장권호와 곡필은 비무를 앞둔 사이로 보이지 않았다.

"오 년 전에 풍운회주가 비무를 청하였는데 그 이후로 내게 비무를 청한 사람은 자네가 처음이네."

"오 년 전에 풍운회주와 겨루셨다고요?"

"그랬지."

곡필은 고개를 끄덕였다. 오 년 전 풍운회주가 달려들었던 기억이 문득 떠올랐다. 그때는 젊고 패기 넘치는 젊은이라 생각했었고, 십대고수의 반열에 오른 고수였지만 애송이란 생각도 하고 있었다.

하지만 그와 겨루는 동안 애송이는 고수가 되었고 풍운회주를 인정하지 않을 수 없었다. 그의 실력은 그만큼 출중했고 어린 친구들 중 당연 으뜸이었다.

"그 당시에는 앞뒤 안 가리고 덤벼드는 애송이라 생각했는데 막상 겨뤄보니 대단하더군. 그 나이에 도강까지 구사하며 덤벼드는 친구가 있을 거라 예상치 못했으니까."

"대단했군요."

장권호는 오 년 전의 조천천이 도강을 구사했다는 말에 놀란 표정을 보였다. 오 년 전이었다면 어쩌면 조천천이 자신보다 강했을지도 몰랐다. 그때는 아직 용장공이 완성되지 않았을 때였고 초환공도 대성하지 못한 상태였기 때문이다.

"결과는 어떻게 되었습니까?"

장권호의 물음에 곡필이 미소를 보였다. 그 미소는 승리를 말하는 것 같았다.

"운이 좋게도 노부가 이겼다네."

"대단하십니다."

장권호가 진정으로 대답하자 곡필은 기분이 좋아졌다.
옆에 있던 청영이 문득 입을 열었다.

"운이 좋은 게 아니라 실력으로 이긴 것이오. 늘 그렇게
자랑하지 않았소이까?"

청영의 말에 곡필이 수염을 쓰다듬으며 헛기침을 한 번
내뱉었다. 곧 다시 말했다.

"강호의 후배를 상대로 이긴 것을 자랑할 만큼 내가 속
이 좁아 보이는가? 아무리 풍운회의 회주라 해도 후배는
후배라네."

곡필의 말에 장권호는 고개를 끄덕였다. 그렇게 해야 할
것 같았기 때문이다. 청영은 미소를 보이며 소리 없이 차를
마셨다.

곧 곡필은 화제를 돌리려는 듯 소매를 걷었다. 그러자
그의 왼 팔뚝에 깊은 흉터가 눈에 들어왔다. 곡필은 다시
말했다.

"이건 내가 젊을 때 무천자에게 당한 상처라네. 잊지 못
할 상처지."

무천자라는 말에 장권호는 임이영을 떠올렸다. 그의 무
공을 전부 본 것은 아니지만 분명 대단히 뛰어난 고수였다.
그런 그와 곡필이 싸웠다는 것에 눈을 반짝였다.

"임 선배와도 자주 싸우셨던 모양입니다."

"자주는 아니지만 가끔 싸웠지."

곡필은 고개를 끄덕였다. 임이영과는 말이 가끔이지 상당히 자주 싸운 편이었다. 곡필은 희미한 미소와 함께 차를 마시며 추억을 회상하듯 다시 말했다.

"임가는 나보다 일 년 정도 강호에 먼저 출도를 해서 명성을 쌓아나가고 있었지. 나는 그보다 일 년 늦게 나왔는데, 우습게도 가장 먼저 싸운 사람이 임가지."

곡필이 강호에 나와 가장 먼저 비무를 하게 된 인물이 임이영이란 사실에 장권호는 다시 한 번 흥미로운 눈빛을 보였다.

곡필은 장권호의 시선에 만족하며 다시 말했다.

"그때는 패기가 하늘을 찌를 때였는데 재수 없게도 임가에게 크게 패했다네. 이 팔의 상처는 그때 팔을 자를 수 있었는데 초출이라 이 정도로 봐준 거라 하더군. 인심 쓰듯 말하는 모습이 아직도 눈에 선하네."

그때를 떠올리면 당연히 화가 나고 자존심이 상해야 했지만, 지금은 그저 한편의 추억처럼 느껴지는 일이었고 이미 잊은 오래된 기억이었다. 곡필은 다시 말했다.

"그때 이 상처가 없었다면 아마 지금의 나는 없었을지도 모르네. 이 상처가 눈에 보이면 잠시도 쉬지 않고 수련을 했네. 이 상처는 우습게도 내가 마음을 놓고 쉴 때면 내게 패배의 기억과 고통을 전해주었네. 그래서 쉴 수가 없었지. 이겨내기 힘든 어려운 고난이 닥쳤을 때도 이 상처가 내게 힘을 주었네. 우습게도 고통의 기억이 용기가 되더군. 비록 눈에 보이게 상처로 남아 있지만 그 고통은 뼈에 새겨져 있네. 한 번 새겨진 상처는 두 번 다시 치유되기 어렵네. 나는 임가에게 그런 상처를 입은 것이지."

"절대 수련이나 말로 배울 수 없는 큰 가르침을 주는 상처로군요."

장권호의 말에 곡필은 고개를 끄덕이며 다시 말했다.

"나는 내게 도전하는 후배들에게 그러한 아픔과 상처를 남겨주고 싶네. 그게 선배로써 해야 할 도리라고 생각하네. 그리고 지금까지 그렇게 살아왔네."

곡필의 말에 장권호는 담담한 표정으로 미소를 보였다. 곡필의 말이 자신을 향한 말이란 사실을 잘 알기 때문이다.

"좋은 가르침이라 생각합니다."

"자네에게는 나와 같은 상처가 있는가?"

곡필의 물음에 장권호는 선선히 고개를 끄덕였다. 가만히 왼쪽 가슴을 쓰다듬으며 말했다.

"저는 심장에 있습니다."

"그런가? 나는 자네가 패배를 모르는 불패의 무인으로 생각했다네. 자네가 누구에게 패했다는 소리는 들어보지 못했기 때문이네."

"곡 선배님께 상처를 준 사람은 임 선배님이지만 제게 상처를 준 사람은 제 사형입니다."

"그런가? 정말 좋은 사형이로군."

곡필은 의외라는 듯 장권호를 쳐다보았다. 패배의 아픔
도 알고 있다면 더더욱 상대하기 어려울지도 모른다고 생
각했다.

"좋은 사형이지요."

장권호의 말에 곡필은 수염을 쓰다듬으며 미소를 보였
다.

"내일이 기대되네."

제7장
연꽃잎 위에서

장안성.

섬서의 성도인 장안성은 수많은 사람으로 북적였다. 많은 사람들 사이로 십여 명의 무인이 말을 타고 천천히 지나고 있었다. 그들이 말을 몰고 간 곳은 높고 길게 뻗은 담장이 늘어선 거리였다.

본선장(本選莊)이라는 현판이 붙은 거대한 장원으로 들어간 그들은 곧 안내인을 따라 모습을 감추었다.

얼마 뒤 별원에서 모습을 보인 그들 중, 일부는 안으로 들어갔고 나머지는 밖에서 대기했다.

별원의 내실에 앉은 네 명은 두 명의 노인과 두 명의 여자였다. 두 여자는 수정궁을 나온 추소려와 추소령이었고 두 노인은 수정궁의 장로인 흑백이노였다. 또한 문밖에 서 있는 사람들은 그들의 호위로 고르고 골라 뽑은 수정궁의 최정예들이었다.

이런저런 이야기를 나누던 중 밖에서 본선장의 총관이 들어왔다.

"손님이 오셨습니다."

"손님?"

"예."

추소려가 아미를 찌푸리며 사람들을 둘러보았다. 추소령이 말했다.

"우리에게 찾아올 손님이 있었나요? 수정궁에서 사람이 왔다면 그냥 알렸을 터인데 이상하군요."

"누구지?"

추소려가 추소령의 말에 고개를 끄덕이며 총관에게 물었다.

"당가의 당위라 합니다."

"흥미롭군요. 모셔요."

추소려가 당위라는 말에 눈을 반짝이며 말했다. 당위는 현 당가주의 동생이었다. 사천 지역에선 상당히 고강한 고수로 손이 매섭고 살기가 짙은 인물로 알려져 있었다.

"귀혼수(鬼魂手) 당위인가요?"

"그런가봐."

추소령의 물음에 추소려가 고개를 끄덕였다. 흑노와 백노가 그 말에 수염을 쓰다듬으며 눈을 반짝였다.

당가 사람들은 모두 음험하다고 생각하는 그들이었다. 당가의 사람들은 독을 다루다 보니 대다수 성격이 날카롭고 차가운 편이었다. 총관이 나간 뒤 얼마 지나지 않아 당위가 모습을 보였다.

그는 사십 대 초반으로 보이는 중년인으로 백옥 같은 얼굴에 상당한 미남자였다. 그의 옆에는 이십 대 중반으로 보이는 청년이 함께하고 있었는데, 그는 본 적이 없는 얼굴이었다.

"이렇게 두 분 소저와 수정궁의 장로님들을 뵙게 되어 영광이오. 당위라 하오."

"추소려예요."

"추소령이에요. 어서 오세요. 그런데 옆의 분은 당가 사람으로는 보이지 않는군요."

추소령의 물음에 청년은 미소를 보였다.

"본인은 전횡이라 하오. 궁주님과는 먼 친척이니 너무 의심하지 마시오. 당 형과는 궁에서 만나 이렇게 함께 오게 되었소. 아름답다고 소문난 두 분을 만나 뵙게 되어 영광이오."

전횡의 말에 추소령과 추소려가 놀란 표정으로 그를 노려보았다. 자신들과 친척이라는 말 때문이다.

"저희에게 친척은 거의 없어요. 그 말을 믿어야 하나요?"

"믿지 못한다면 궁주님이 나를 이렇게 살려 두었겠소? 거기다 소령 낭자와는 피 한 방울 섞이지 않았으니 타인이라 봐도 될 것이오."

전횡의 말에 추소령은 아미를 찌푸렸고, 추소려는 재미있는 사람이란 생각으로 전횡을 살폈다. 자신과 친척이란 사실에 놀라기는 했지만 믿지 못할 일도 아니었다.

"그런데 우리가 여기에 있다는 것은 어떻게 알았나요?"

추소령의 물음에 당위가 짧은 수염을 쓰다듬으며 말했다.

"수정궁에서 알려주었소이다. 그래서 쉽게 찾을 수 있었으니 오해하지는 마시오."

"알겠어요."

추소령이 고개를 끄덕였다. 추소려는 말없이 차를 마시고 있었으며 흑백이노도 차를 마시며 입을 다물고 있었다. 추소령이 물었다.

"왜 당가에서 저희를 찾아오셨나요?"

"당가가 아니라 개인적으로 찾아온 것이오."

당가와는 전혀 연관이 없다는 듯 당위가 말했다. 그의 대답에 추소령은 고개를 끄덕였다.

당위가 다시 말했다.

"두 분은 복수를 위해 수정궁을 나온 것으로 알고 있소.

장권호를 죽일 것이라면 나도 힘을 보태고 싶어서 온 것이오."

"우리가 복수를 위해 궁을 나온 사실에 대해서 아는 사람은 거의 없어요. 궁 내에서도 거의 모르는 일이고 비밀스럽게 움직였는데 어떻게 아셨지요?

추소령이 날카로운 눈빛으로 물었지만 당위는 당황하지 않고 오히려 미소를 보이며 대답했다.

"궁주님께 직접 들었소."

그의 말에 추소령은 조금 놀란 표정을 지었고 추소려는 천천히 고개를 끄덕이며 입을 열었다.

"그래서 당 대협의 몸에서 어머니의 백화향(白樺香)이 나는 것이군요."

추소려의 말에 당위와 풍비의 표정이 굳어졌다. 추소려가 미소를 보이며 다시 말했다.

"어머니의 백화향이 난다는 것은 이미 음양화합을 이루었다는 뜻이니…… 재밌군요."

추소령은 놀란 표정으로 당위를 쳐다보았다.

당위가 조금 당황한 표정을 보이자 추소려는 재미있다는 듯 눈을 반짝였다.

"뭐, 어때요? 남녀가 만나 정이 통하면 자연스럽게 한 이불에 들어가는 것을…… 신경 쓰지 마세요. 많이 봐서 익숙하고, 욕정을 못 참을 정도로 급하시면 제 남자도 뺏어가는 분이니까요."

추소려의 말에 전횡과 당위가 어색한 웃음을 흘렸다. 이번에는 추소려가 물었다.

"저야 원한 때문이라 장권호를 죽이러 가는 것이지만, 당 대협은 아무런 원한도 없잖아요? 그런데 굳이 우리와 함께 가려는 이유는 무엇인가요?"

"험! 험! 그것은 명성 때문이오. 장권호를 죽이면 자연스럽게 당가에서도 내 위치가 확고하게 자리를 잡게 될 것이오. 그게 목적이오."

"당가의 가주가 되고 싶은 것이군요."

"그렇소."

추소령의 물음에 당위가 솔직히 대답했다. 짧은 대답이었지만 그 속에는 많은 말들이 담겨 있었다. 그리고 추소령은 그를 야심가라고 생각했다.

곧 추소령의 시선이 전횡에게 향했다. 친척이라지만 오늘 처음 보는 사람이고 잘 알지도 못하니 반갑지는 않았다.

"당신은요?"

"미인으로 소문난 두 분의 얼굴도 못 보고 유명을 달리할까 두려워 따라오게 된 것이오. 또한 두 분을 곁에서 지키라는 궁주님의 명도 있었소이다."

전횡의 말에 추소령과 추소려는 아미를 찌푸렸다. 자신

들을 걱정하는 궁주의 마음은 이해하나 수호위사들의 존재만으로도 충분하다고 느꼈기 때문이다. 그렇다고 궁주의 명으로 왔다는 사람을 다시 가라고 할 수도 없었다.

"그럼 그렇게 하세요."

추소려가 대신 답했다. 그녀의 말에 전횡은 기분 좋은 표정을 지었다.

"장권호는 현재 신창 곡필의 국선장에 머물고 있는 것으로 알고 있소. 거기까지 갈 생각이오?"

당위의 물음에 추소령이 답했다.

"국선장이 목표이긴 하지만 국선장에 갈 생각은 없어요. 저희는 국선장에서 나오는 장권호가 목표예요. 그가 국선장에서 나올 때 분명 무사히 나오지는 않을 것이에요. 신창을 상대했기 때문에 내상을 입을 것이니, 저희는 그때를 노릴 생각이에요."

추소령의 말에 당위가 고개를 끄덕였다. 비겁한 일이지만 원한을 갚기 위한 일이기 때문에 나쁘다고 생각하지 않았다. 무엇보다 자신도 그러기를 바랐다.

상대가 약해지면 당연히 공격을 해야 했고 허를 찌르는 공격은 비겁하다고 생각하지 않았다. 무엇보다 강호는 죽은 자의 말보다 산 자의 말을 더욱 중요시 여긴다. 결국 강한 자는 살아 있는 사람인 것이다.

"출발은 언제 할 것이오?"

"이틀 뒤에 떠날 예정이에요. 그때까지 푹 쉬세요. 섬서를 벗어나면 풍운회의 이목을 피해야 하니 어려운 길이 될지도 몰라요."

"잘 알겠소."

당위의 대답에 추소려가 말했다.

"두 분을 뵙게 돼서 반갑지만 저희는 좀 쉬고 싶군요."

그녀의 말에 당위와 전횡이 일어섰다.

"알겠소이다. 그럼 나중에 뵙겠소."

"저녁에 오겠소."

당위와 전횡이 말을 마치고 나가자 추소려는 미소를 보였으며 추소령은 살짝 아미를 찌푸렸다. 사람이 많아지는 것이 마음에 걸렸기 때문이다. 풍운회의 이목을 피하는 일은 쉬운 게 아닌데, 인원이 많아지니 앞길이 험할 것 같았다.

"둘 다 무공은 고강해 보이는 구나."

흑노가 조용히 말하자 추소려는 고개를 끄덕였다.

"당가의 독공도 도움이 될 테니 없는 것보다는 낫겠네요."

추소려의 말에 모두 긍정의 뜻으로 고개를 끄덕였다.

*　　　*　　　*

"오늘이로군."

이른 아침부터 집무실로 나와 있는 공천자는 창밖으로 떠오르는 해를 바라보며 중얼거렸다. 오늘이 신창과 장권호의 비무 날이기 때문에 일찍 눈을 뜬 상태였다. 이미 며칠 전부터 장권호에 대한 회의가 오가는 중이었다.

그가 신창을 이길 경우, 그의 발걸음은 강남으로 향할 것이다. 그를 막아야 한다는 사명감도 있었다. 그렇기 때문에 대책 회의를 하는 중이지만 이렇다 할 방법이 떠오르지 않았다.

장권호는 정정당당했기 때문이다. 정공법으로 길을 걸어오는 그의 발을 막을 방법은 없었다. 그렇다고 그의 손에 강호의 명사들이 패하는 것도 볼 수 없는 노릇이었다.

장권호의 무공을 어느 정도 안다면 파훼법이라도 연구할 텐데 그것도 여의치 않았다. 유영천이 협조라도 한다면 가능성은 있어 보이지만…… 유영천은 협조할 생각이 없는 듯했다.

"아무래도 강규를 불러야겠어."

공천자는 오랜 친구이자 자신이 아는 가장 강한 고수를 떠올렸다. 평소에는 부드럽고 즐거운 친구지만 무공을 펼칠 때면 누구보다 무섭고 강한 강규였다.

적을 몰아치는 폭풍 같은 기세는 오히려 무천자나 천주인 유영천을 능가한다고 평가하고 있었다.

"청이 있느냐?"

공천자의 물음에 문밖에서 조용히 실내로 들어오는 청년이 있었다. 그는 공천자의 오른팔이라 할 수 있는 양청이었다. ▮

"강규가 지금 어디에 있지?"

"소재가 파악되지 않았습니다. 찾아볼까요?"

"그렇게 하거라."

"알겠습니다."

"소재가 파악되면 바로 알리거라."

"예."

공천자의 말에 양청은 대답과 함께 천천히 밖으로 나갔다. 그가 나가자 공천자는 장권호를 처리하지 못한 일을 후회하기 시작했다.

＊ 　　＊　　 ＊

국선장의 밖으로 수많은 사람들이 몰려들었고 정문을 경비하는 무사들 수도 부쩍 늘어난 상태였다. 오늘 만큼은 그 누구도 장에 들지 말라는 엄명이 있었기 때문에 무사들은 철통처럼 국선장의 담벼락을 둘러쌓았다. 혹시라도 월담을 하는 무리들이 있을지 모르기 때문이다.

그만큼 세인들의 관심이 집중되는 하루가 밝았다. 국선

장 밖은 소란스러웠지만 내부는 쥐 죽은 듯 조용했다. 그뿐만 아니라 무거운 공기가 장원 전체를 뒤덮고 있었다.

국선장 후원에 자리한 넓은 공터로 세 사람이 모습을 보였다. 한 명은 창을 든 곡필이었고 다른 한 명은 갈포의 장권호였다.

청영 도장은 한쪽 바위에 걸터앉아 두 사람을 유심히 쳐다보았다. 청영은 스스로 운이 좋다고 생각했다.

이렇게 기대되는 비무는 처음이었다. 초절정고수들이 겨루는 모습을 두 눈으로 직접 볼 수 있는 기회는 많지 않았기 때문이다.

아마 이런 기회는 평생에 한 번 올까 말까 한 기회고, 두 번은 없을지도 모른다고 생각했다. 그렇기 때문에 청영 도장은 아무렇지도 않아 보이는 표정과는 달리 상당히 긴장하고 있었다.

구경하는 자신도 이렇게 긴장되는데 당사자인 두 사람은 얼마나 긴장할 것인가? 청영은 주변 공기가 팽팽하게 당겨지는 기분을 느꼈다.

"잠은 잘 잤나?"

"덕분에 잘 잤습니다."

"그거 다행이군. 나는 잠이 오지 않아 새벽까지 뜬 눈으로 보냈다네."

"사실 저도 그렇습니다."

"하하하하하!"

장권호의 대답에 곡필은 큰 소리로 웃었다. 크게 한 번 웃고 나자 긴장되었던 가슴이 진정되었고, 온몸으로 쉴 세 없이 내력이 뻗어나가는 것을 느꼈다. 긴장으로 경직되었던 근육들까지 풀어지는 것이 느껴지자, 곡필은 장권호를 쳐다보며 미소를 보였다.

"자네 덕분에 긴장했던 마음이 안정을 찾은 듯하네."

"저도 선배님의 웃음 덕분에 가슴이 진정되었습니다."

장권호는 곡필의 웃음에 자신도 가볍게 웃었기 때문에 마음을 진정시킬 수 있었다. 마음이 진정되자 전신근육이 팽팽하게 당겨지는 것을 느꼈다. 언제라도 공격을 할 수 있는 몸 상태가 된 것이다.

"자네에게 삼 초를 양보하고 싶지만 그렇게 하기엔 자네의 명성이나 무공이 너무 강하네. 그러니 양보는 하지 않겠네."

"과찬이십니다."

장권호가 미소를 보이자 곡필은 창끝을 장권호에게 겨누며 내력을 끌어 올렸다. 그러자 그의 전신에서 강한 바람이 뿜어져 나왔고, 사방으로 날카로운 기운들이 퍼져나갔다.

장권호는 곡필의 강렬한 기도에 주먹을 굳게 쥐곤 한 발 나섰다. 그 순간, 곡필의 모습이 사라졌으며 수십 개의 송

곳 같은 밝은 빛이 마치 유성처럼 장권호의 전신을 찔러왔다.

파파팟!

장권호는 날아드는 빛무리에 굳은 표정으로 내력을 일으켰다. 검이 찌르는 것보다 더욱 빨랐고, 별무리의 간격은 촘촘해서 피할 곳도 없어 보였다.

처음부터 곡필은 전심전력을 다한 것이다. 풍운회주를 이긴 장권호였고 그의 무공은 분명 명성에 맞게 대단할 것이라 여겼기에 사정을 봐주지 않았다.

선수필승(先手必勝).

먼저 공격한 자가 승기를 잡기 쉬운 법이다. 곡필의 공격은 장권호가 미처 내력을 모두 일으키기 전에 다다랐다. 그는 어금니를 깨물고 최대한 내력을 끌어 올렸다. 보통 이런 경우에는 옆으로 피하는 것을 상책으로 생각하고 피하는 경우가 많았다. 그렇게 하면 자신이 다시 선수를 잡을 것이라 여기기 때문이다.

하지만 상대는 곡필이었고, 창은 검보다 그 길이가 훨씬 길었다. 옆으로 피하는 것은 곡필이 가장 바라는 방법이 틀림없었다.

그렇게 되면 곡필은 분명 긴 창의 길이를 이용하여 선수를 잡을 것이고, 그 기세로 활활 타오르는 불꽃같은 공격을 해올 것이다.

허를 찌른답시고 뒤로 피해 곡필의 창이 닿는 범위에서 벗어나는 방법을 쓸 수도 없었다. 상대가 어느 정도 수준이라면 훌륭한 방법이겠지만 곡필 정도의 고수에게는 통하지 않을 방법이었다.

결국 옆으로 피하나, 뒤로 피하나, 그 두 가지는 모두 곡필의 계산하에 있는 방향이란 소리였다.

장권호는 날아드는 창신의 그림자를 향해 있는 힘을 다해 앞으로 한 발 나서며 일 권을 내질렀다.

팡!

강력한 풍압이 발생하며 거대한 무형의 바람이 일어나 날아들던 곡필의 창신을 마치 안개처럼 흩어버렸다. 장권호의 일 권이 허공을 치자 거대한 방패가 밀려드는 파도처럼 일어난 것이다. 어차피 창신과 직접 맞닿는 것이 아니기 때문에 겁 없이 일 권을 날렸다.

파팟!

삽시간에 곡필이 만든 창신의 그림자가 사라지고 거대한 권풍이 밀려오자 곡필은 눈을 반짝였다. 설마하니 장권호가 앞으로 나올 줄은 몰랐기 때문이다. 자신에게 선수를 빼앗기지 않을 수 있는 좋은 방법이었다.

슈아아악!

강한 바람 소리와 함께 권풍이 눈앞으로 다가오자 곡필의 전신이 바람에 휘날렸다. 곧 그의 전신에서 강한 기운이 솟구쳤다. 곡필은 창을 앞으로 천천히 밀더니 좌우로 허공을 창으로 잘랐다.

스악!

권풍의 반이 마치 종이가 잘리듯 잘렸다. 곧바로 곡필의 창이 위에서 아래로 천천히 내려오자 사악! 하는 소리가 울렸고 권풍이 다시 반으로 잘렸다.

그러자 장권호의 권풍이 곡필을 스치듯 지나쳤다. 곡필은 권풍을 처리한 후 오히려 한 발 나서며 장권호의 얼굴을 향해 짱을 찔렀다.

그 때 장권호는 어느새 우측으로 반원을 그리며 곡필에게 접근하고 있었다.

번개보다 빠른 그의 행동에 곡필은 재빨리 창끝으로 다가오는 장권호를 가격했다. 쉭! 소리와 함께 곡필의 가슴 앞 반 장까지 접근했던 장권호는 창끝이 자신의 가슴을 찍어오자 재빨리 오른 팔꿈치를 들어 막았다.

쩡!

팔과 창대가 부딪치자 파공성이 울렸고 장권호는 왼손을 펴 수도로 곡필의 얼굴을 쳤다. 하지만 곡필은 장권호의 왼손을 재빨리 창대로 막으며 손목만을 이용해 창으로 원을 그리며 장권호를 뒤로 물러서게 했다.

쉭쉭!

바람처럼 창날이 다가오자 장권호는 어쩔 수 없이 한 발 물러섰다. 곡필은 주저 없이 장권호를 향해 창을 찔러갔다.

파파팟!

창을 피하는 장권호의 그림자가 수십 개로 늘어났으며 창대의 그림자도 환영처럼 수십 개로 나타났다. 피하는 장권호나 찌르는 곡필이나 둘 다 최선을 다했다.

팡! 팡! 파팟!

별원의 담벼락 너머에서 파공성과 옷자락 스치는 소리가 미세하게 흘러나왔다.

문 앞에는 십여 명의 사람이 모여 있었는데 국선장 사람들과 손님이었다. 그들은 다양한 감정이 담긴 표정으로 문 너머를 응시하며 서성였다.

"오래 걸리겠지?"

소정명이 옆에 서 있는 정관홍에게 묻자 정관홍은 고개를 끄덕였다. 자신이 생각해도 강호의 십대고수 두 사람의 대결이었기에 오래 걸릴 것 같았기 때문이다.

"아무래도 그렇겠지."

정관홍의 말에 소정명은 옆에 서 있는 서영아를 쳐다보았다. 서영아는 다른 사람들과 달리 긴장한 얼굴이 아니었다. 그녀는 걱정하지도 않는 듯 여유 있어 보이는 표정으로 들리는 소리에 귀를 기울이고 있었다.

"서 소저는 걱정도 안 되는 모양이오?"

"걱정한다고 달라질 것도 없잖아요."

서영아가 편안한 목소리로 대답하자 소정명은 틀린 말은 아니었기에 조용히 고개를 끄덕였다.

"그 말은 우리 할아버지가 패할 거라는 말처럼 들리는군요. 장 소협이 당연히 이길 테니 걱정을 안 한다는 건가요?"

곡영영의 목소리가 옆에서 들리자 서영아가 그녀를 쳐다보았다. 곡영영은 서영아의 말에 상당히 기분이 상한 듯 인상을 쓰고 있었다. 그녀는 손에 쥔 창을 굳게 움켜잡았고, 금방이라도 서영아를 향해 창을 겨눌 것 같은 모습이었다. 옆에 있던 곡성이 그녀의 어깨를 잡았다.

"그만해라."

"저 여자가 할아버지를 무시하는 말을 하잖아요."

"저는 신창 곡 선배를 무시한 적이 없어요. 단지 오라버니를 믿기 때문에 걱정을 안 한다고 한 것뿐이에요."

서영아의 말에 곡영영은 다시 한 번 아미를 찌푸렸다.

"그 말이 그 말이잖아요."

"전혀 다른 말이에요."

서영아가 미소를 보이며 대답하자, 곡영영은 다시 울컥한 듯 금방 다시 창을 뽑으려는 행동을 취했다. 그러자 남궁명이 그녀의 앞을 막으며 말했다.

"상대하지 마시오. 서 소저는 보기와는 달리 초고수요.

여기 있는 우리 모두가 덤빈다 하여도 절대 이길 수 없소이다."

남궁명의 말에 곡영영과 곡성을 비롯한 국선장의 식구들이 깜짝 놀란 표정으로 서영아를 다시 보았다. 호리호리한 그녀는 바람만 불어도 금방 쓰러질 것 같았는데 남궁명이 강하다고 말하자 놀란 것이다.

서영아가 남궁명의 말에 눈을 반짝였다.

"잘 아시니 다행이네요."

그녀의 말에 남궁명은 화가 났지만 실력을 인정하고 있었기에 별말 없이 고개를 돌렸다.

"유 소저가 안 보이는군요."

"그녀는 먼저 떠났소."

남궁명의 대답에 서영아는 고개를 끄덕였다. 떠날 거라고 예상은 했었기에 크게 놀라지는 않았다.

남궁명이 문득 생각난 표정으로 서영아에게 물었다.

"이 비무가 끝나면 어디로 갈 작정이오?"

남궁명의 물음에 모두의 시선이 서영아로 향했다. 다른 사람들도 남궁명처럼 궁금했기 때문이다. 서영아는 미소를 보이며 말했다.

"글쎄요. 모든 건 오라버니가 결정하기 때문에 저도 잘 모르겠군요. 하지만 강남으로 가지 않을까요? 그리고 강남에 간다면 가장 먼저 가야 할 곳이 바로 남궁세가지요."

"……!"

서영아의 말에 남궁명의 표정이 굳었고 주변 사람들의 안색도 변하였다. 남궁명은 매우 놀란 듯 눈을 크게 뜨고 있었다.

"남궁세가…… 본가로 온다는 말이오?"

"그럴 거예요. 다른 세가는 몰라도 남궁세가의 현 가주이신 남궁 소협의 아버님은 정말 강한 분이잖아요?"

"음……."

남궁명은 그녀의 말에 침음했다. 장권호가 이 비무를 이기면 자신의 세가로 올지 모른다는 말에 긴장한 것이다. 물론 남궁세가주가 질 거라고 생각지 않았다. 단지 쉬운 상대가 아니기 때문에 긴장한 것이다.

"호오…… 다음은 남궁세가라…… 좋은 소식이군."

"확실하지는 않아요. 단지 강남으로 간다면 당연히 들러야 할 것 같아서요."

서영아의 말에 소정명은 미소를 보였다.

"당연히 강남에 가면 남궁세가를 가야지요. 좋은 생각이오."

소정명은 연신 고개를 끄덕였다. 비무가 끝나면 즉시 분타로 돌아갈 생각이었다. 이 소식을 누구보다 빠르고 신속하게 강호에 알려야 했기 때문이다. 그건 개방의 의무였고 소정명의 사명이었다.

"남궁세가······."

곡성이 가만히 중얼거렸다.

팡!

허공을 격하고 날아온 창날을 장권호의 손바닥이 가볍게 밀쳤다. 장권호의 손과 창신이 처음으로 부딪친 것이다.

장권호는 손이 상하지 않기 위해 손바닥으로 창신의 면을 쳐서 막은 후 몸을 움직였다. 창신을 손으로 막는 것이 얼마나 어려운 일인지 공격하는 곡필과 구경하던 청영도 잘 아는 일이었다.

조금만 실수를 해도 손이 잘리기 때문에 간이 커야 가능한 기술이었다. 그리고 다행히도 장권호는 간이 매우 큰 사람이었다.

파팡!

두 번의 타격음과 함께 창신이 장권호의 손바닥과 부딪치자 곡필은 뒤로 한 발 물러서며 절로 인상을 찌푸려야 했다. 창대를 타고 들어오는 강렬한 내력이 마치 양손을 붙잡기라도 한 듯 강한 충격을 주었다.

"대단하군."

곡필은 자신도 모르게 중얼거리며 연신 고개를 끄덕였다. 지금까지 꽤 많은 비무를 경험하고 이겨왔지만 그런 그에게도 장권호의 수법은 신선한 일이었다.

창신을 손바닥으로 쳐내가는 수법 또한 매우 어렵고 힘든 일이었기에 지금까지 그렇게 대항해온 상대도 없었다. 그러니 대단하다는 생각이 절로 든 것이다. 무엇보다 창신과 손바닥이 마주칠 때 느껴지는 강렬한 충격은 양팔을 압박하고 있었다.

곡필은 찌르는 것에서 치는 것으로 방향을 바꾸듯 손목을 움직였다.

쉭!

바람처럼 유연한 창신은 호선을 그리며 장권호의 목을 노리고 날아들었다. 장권호는 창신을 잡으려는 듯 손을 들어 움직였다.

하지만 곡필은 이미 장권호가 풍운회주인 조천천의 도신도 잡았다는 사실을 알고 있었기에 손목을 틀어 창면으로 장권호의 손을 때렸다. 면으로 해야 장권호가 잡기 어렵기 때문이다.

팍!

먼지가 날리고 창면과 손바닥이 마주치자 장권호는 부드러운 움직임으로 원을 그리며 빠르게 곡필의 가슴으로 파고들어왔다. 곡필은 장권호가 다가오자, 재빨리 창을 들어 십여 개의 호선을 그리며 그의 전신을 베어갔다.

쉬쉬쉭!

바람 소리가 크게 일어났고 날카로운 소성과 함께 장권

호의 전신을 베어가는 그 모습에 금방이라도 장권호가 조각날 것처럼 보였다. 하지만 장권호의 신형은 어느새 우측으로 일 장이나 이동한 채 모습을 보였다.

그 후 장권호는 재빨리 일 권을 날렸다. 곡필이 급하게 초식을 거두고 날아드는 권풍을 향해 창을 찔렀다.

쾅!

권풍과 창신의 강렬한 충격이 사방으로 메아리 쳤으며 장권호의 신형이 빠르게 나아갔다. 곡필은 창으로 원을 그리며 빠른 속도로 장권호를 공격하기 시작했다. 다가오는 장권호를 오히려 더욱 압박한 것이다.

파파팟!

다시 창과 두 사람의 그림자가 얽혀 빠르게 주변을 돌기 시작했다.

별채의 지붕 위에서 느긋한 표정으로 앉아 구경하던 청영 도장은 수염을 쓰다듬으며 두 사람의 비무를 감상했다. 간간이 그의 눈이 빛나기는 했지만 크게 놀라는 표정은 아직 없었다.

선선히 불어오는 바람에 몸을 맡기고 앉아 곡필과 장권호의 비무를 감상하니 기분이 좋아 연신 입가에 미소가 떠나지 않는 그였다. 문득 그는 자신이 너무 감상에 젖어 있다는 생각이 들었다. 그는 고개를 저으며 중얼거렸다.

"비무에 열중하니 즐거움만 가득 채웠구나."

청영은 자신의 의무도 잊은 채 자신의 즐거움만 찾으려한 것 같다고 생각했다. 그런 생각이 들자 마음을 바꾸고두 사람의 비무를 바라보았다.

곡필의 무공은 간간이 보았기 때문에 눈에 익은 움직임들이었다.

과거 무천자는 곡필의 창술을 유연함 속에 강인함이 들어 있다 평하였다. 그런 그를 무천자는 태극신공(太極神功)의 묘리로 제압하던 모습도 떠올랐다.

청영은 장권호의 움직임을 살폈다. 그는 강인함이 보이는 움직임이었고 중원의 무공과는 조금 다르게 정적인 움직임을 자주 보여주었다.

쉭!

바람 소리와 함께 창신이 그의 얼굴을 수십 번이나 찔렀지만 장권호는 가볍게 어깨와 고개만 움직여 피하고 있었다.

그 모습만 보더라도 그가 얼마나 대단한 무인인지 알 수있었다. 현재 장권호가 피하는 방법은 극히 어려웠기 때문이다. 무엇보다 현재 장권호의 상대는 다른 사람도 아닌 신창 곡필이었다. 그렇기 때문에 더욱 대단하게 느껴졌다.

자신이라면 그렇게 피하지 못할 것이다.

"창공도해(蒼空渡海)로군."

청영은 곡필이 절초인 창공도해의 초식을 펼치자 중얼거
렸다.

쉬쉬쉭!

바람 소리와 함께 창신이 마치 엿가락처럼 늘어났다 사
방으로 큰 원을 그리며 날카롭게 다가오자 장권호는 안색
을 찌푸리며 유령보를 밟았다. 그 순간 획! 하는 소리와 함
께 날카로운 빛이 머리에서 떨어지자, 장권호는 재빨리 반
보 물러섰다.

팍!

그의 머리를 지나 땅으로 창날이 떨어졌고 장권호는 아
슬아슬하게 피했다. 그러나 그 순간, 창신이 앞으로 밀려오
더니 위로 솟구쳤다.

"......!"

번개 같은 한 수였다. 그것을 바라보는 장권호의 눈빛이
날카롭게 빛났다.

팟!

사타구니부터 머리 위의 백회혈까지 장권호를 두 동강
내버린 창날은 밝은 빛을 발하고 있었다. 하지만 장권호의
잔상이 잘려나갔을 뿐, 장권호가 잘려나간 것은 아니었다.
그것을 잘 아는 곡필이었기에 눈을 반짝여야 했다. 자신의
초식을 피했기 때문이다. 곧바로 장권호의 신형이 곡필을

향해 빠르게 밀려왔다.

곡필은 창을 들어 올린 상태였기에 가슴이 비어 있었다. 아주 짧은 그 찰나의 순간을 놓치지 않고 장권호가 날아든 것이다. 장권호는 팔꿈치로 밀며 들어왔고, 곡필은 재빨리 창대를 내려 막았다.

쾅!

"큭!"

곡필의 신형이 뒤로 십여 보나 밀려나갔다. 장권호도 마찬가지였다. 곡필의 창대를 팔꿈치로 가격했기 때문에 팔이 저려왔다.

하지만 곡필도 상당히 굳은 표정으로 가슴을 막은 창대를 움켜쥐고 있었다. 그의 어깨가 미미하게 떨리는 모습으로 보아 큰 충격을 받은 모습이었다.

"음……."

곡필은 설마하니 팔꿈치에 온몸의 힘을 실어 박치기를 하듯 부딪칠 거란 생각을 못 하였기에 깜짝 놀랐다. 하지만 겉으로 보이는 표정은 여전히 무심했고 눈빛은 차갑게 가라앉아 있었다.

고개를 드니 머리 위로 해가 떠 있었다. 어느새 점심시간이 다가온 것이다. 곡필이 창을 돌려 세우며 말했다.

"밥이나 먹고 하겠나?"

"그렇게 하지요."

장권호가 흔쾌히 허락하자 곡필은 미소를 보이며 수염을 쓰다듬었다. 그가 고개를 돌려 청영을 쳐다보자 청영이 고개를 끄덕이며 밖으로 나갔다. 그는 눈에 보이는 국선장의 식구들을 향해 말했다.

"식사를 하시겠다고 하니 어서 준비하게."

"밥이요?"

밖에서 구경하던 사람들이 청영의 말에 놀란 표정으로 그를 쳐다보았다. 청영은 웃으며 다시 말했다.

"식사는 푸짐하게 준비해서 가지고 오게나. 아무래도 쉬지 않고 비무를 해서 그런지 배가 많이 고프신 모양이네."

청영은 할 말을 다 한 듯 안으로 다시 들어갔다. 그러자 잠시 서로 바라보던 국선장 식구들이 발 빠르게 움직였다.

나무 그늘에 앉은 곡필은 십여 장 정도 떨어진 곳에 앉은 장권호를 바라보았다. 장권호 역시 나무 그늘에 앉아 가부좌를 한 채 호흡을 고르고 있었다. 곡필은 그런 장권호를 보다 눈을 감고 가볍게 운기하기 시작했다. 장권호도 눈을 감고 운기조식을 하였다.

두 사람의 주변으로 선선한 바람이 불었다.

휘릭!

바람처럼 두 사람의 중앙에 모습을 보인 청영은 가만히 서서 두 사람이 눈을 뜰 때까지 기다렸다. 두 사람은 운기

중이었기에 누군가 암습을 한다면 큰 부상을 당할 위험에 노출된 상태였고 둘 중 한 명이라도 섣부르게 움직이는 사람이 있다면 자신이 말려야 했기 때문이다.

얼마 지나지 않아 곡필과 장권호가 거의 동시에 호흡을 고르며 눈을 떴다. 둘이 눈을 뜨자 청영은 바람처럼 몸을 돌려 지붕 위로 올라갔다.

"밥을 먹고 나면 마무리를 지어야 하지 않겠나?"

곡필의 목소리에 장권호가 미소를 보이며 대답했다.

"그렇게 해야지요."

"자신이 있는 모양이군."

"물론입니다."

장권호의 대답에 곡필은 파안대소했다.

"하하하! 젊은 자네의 패기가 부럽군그래. 하하하하하!"

곡필은 진심으로 장권호의 자신감과 패기가 부러운 듯 보였다. 곧 그는 수염을 쓰다듬으며 다시 말했다.

"나의 창은 어떤가? 견딜 만하던가?"

"정말 무섭고 빠릅니다. 곡 선배의 창은 피하려고만 해도 정신이 혼미해집니다."

장권호의 말에 곡필은 기분 좋은 표정을 보였다.

"자네의 움직임도 무섭더군. 쉽게 마음을 놓지 못하겠네."

"과찬이십니다."

장권호의 대답에 곡필은 다시 한 번 고개를 끄덕였다. 곧 발소리와 함께 식사가 배달되어 왔다. 곡필과 장권호의 앞에 상이 하나씩 놓였다. 청영은 자신의 발밑에 음식이 놓이자 밑으로 내려왔다.

"할아버지 힘내세요."

"걱정 말거라."

곡필은 곡영영이 직접 상을 들고 왔기에 자신감이 가득 찬 표정으로 고개를 끄덕였다. 자신의 손녀 앞이기에 더욱 당당한 눈빛을 던졌다. 곡영영은 그 모습에 미소를 보이며 시선을 돌려 장권호를 쳐다보았다.

장권호의 앞에는 서영아가 서 있었다. 그녀가 직접 상을 들고 나타난 것이다.

"어때요?"

서영아의 물음에 장권호는 젓가락을 들며 대답했다.

"힘든 싸움이구나. 예상보다 어려워서 힘이 든다."

힘이 든다고 말은 했지만 장권호의 표정은 그렇게 힘들어 보이지 않았다. 편안한 표정이었고 즐거운 눈빛을 하고 있었다. 서영아는 그가 상당히 흥분해 있다고 생각했다. 이런 모습을 자주 보이지 않았기 때문이다.

"무리를 하더라도 다치지는 마세요."

"그래. 그렇게 하마."

장권호가 고개를 끄덕이자 서영아는 뒤로 물러섰다. 장

권호가 식사를 끝낼 때까지 곁에서 기다릴 생각이었다. 곡영영은 곡필의 어깨를 주무르며 옆에 있었고 얼마 떨어지지 않은 곳에 있던 청영이 식사를 하다 말고 장권호에게 시선을 던지며 물었다.

"좀 전에 마지막에 보여준 초식은 무엇인가? 그 몸으로 달려들던 그 초식 말이네."

장권호는 청영의 물음에 좀 전에 마지막에 보여준 초식을 떠올렸다.

"특별한 초식은 없습니다. 단지 장백권 박투술의 일부입니다."

"배산일격(培山一擊)의 초식으로 막지 않았다면 크게 다칠 뻔했네. 그토록 놀라운 위력의 무공은 처음이네."

곡필이 식사를 다했는지 젓가락을 내려놓으며 말했다. 곡필은 마지막에 창대로 몸을 방어하게 만들었던 초식을 말하며 놀라워했다. 그러자 장권호가 다시 말했다.

"초식은 없으나 장백삼공에 속하는 무공 중 하나인 분쇄공(粉碎功)의 내력을 담았습니다. 내가중수법으로 마주치면 상대방의 몸으로 침투하여 그 내부를 파괴하는 침투경(浸透經)이기도 합니다."

"분쇄공이라…… 이름만 들어도 등골이 서늘해지는 무공이로군. 무엇보다 침투경이라니…… 상당히 상승의 공력이로구나."

곡필이 중얼거리며 고개를 끄덕였다. 그래서 장권호와 부딪칠 때 그토록 큰 충격을 느낀 것이었다.

"조심해야겠네."

곡필이 미소를 보이며 자리에서 일어섰다. 그가 일어서자 장권호도 곧 자리에서 일어섰다. 그러자 곡영영과 서영아가 상을 들고 천천히 밖으로 나갔다. 그녀들이 나가자 장권호와 곡필은 가볍게 몸을 움직여 근육을 풀어주기 시작했다.

청영은 상을 물린 후 다시 지붕 위로 올라가 편안한 자세로 앉았다. 그의 손에는 물병이 하나 들려 있었는데, 목이 마른지 물을 마시며 눈을 반짝였다.

슥!

곡필이 먼저 자세를 잡았고 장권호가 긴장한 표정으로 내력을 일으켰다. 두 사람 사이로 강한 바람이 회오리치기 시작하자 어느 순간 둘의 그림자가 사라졌다.

쉭쉭!

두 사람의 그림자가 얽히고설키자 청영은 수염을 쓰다듬으며 고개를 끄덕였다. 두 사람의 모습이 좀 전보다 더욱 격렬했기 때문이다.

콰앙!

담벼락 너머로 물기둥이 하늘로 솟구치자 닭다리를 입에 물던 소정명이 눈을 부릅떴다. 그리고 막 상을 들고 밖으로 나오던 서영아와 곡영영도 시선을 돌렸다.

문밖에는 땅바닥에 주저앉아 식사를 하던 사람들이 일제히 눈을 크게 뜬 채 솟구친 물기둥을 쳐다보았다. 그 사이로 곡필의 모습과 장권호의 모습이 언뜻 스치자, 사람들은 다시 한 번 눈을 크게 떴다.

쾅! 쾅!

폭음성이 울렸고 다시 한 번 쏴아아! 하는 소리와 함께 물기둥이 솟구쳤다.

"도대체 얼마나 솟아오른 걸까?"

정관홍이 묻자 소정명이 닭다리를 씹으며 대답했다.

"한 오 장은 솟아 오른 것 같은데……."

그의 말에 정관홍은 크게 놀란 눈으로 고개를 끄덕였다. 저렇게 많은 물기둥을 한 번에 오 장까지 솟구치게 하려면 얼마나 대단한 내력이 필요한지 그도 알기에 놀란 것이다.

"이제야 본격적으로 싸우는 건가?"

제갈수가 중얼거리자 쿠쿵! 하는 육중한 소리와 함께 땅이 아주 조금 흔들리는 착각을 느껴야 했다.

"휘우!"

소정명의 입에서 휘파람소리가 흘러나왔다. 너무 놀랍고 대단한 비무가 담장 너머에서 펼쳐졌기 때문이다.

파파팟!

바람처럼 허공을 돌며 호수의 중앙에 내려선 장권호는 연꽃잎에 몸을 의지한 채 서 있었다. 꽃잎의 넓은 면이 아니었다면 호수 속에 가라앉았을 것이다.

휘리릭!

바람처럼 몸을 돌리며 장권호의 오 장 앞에 내려선 곡필도 창을 든 채 연꽃잎 위에 서 있었다. 둘의 발은 아주 약간 수면에 닿아 있는 듯했다.

수면이 흔들릴 때 마다 연꽃잎도 흔들렸고 두 사람의 신형도 조금씩 흔들렸다. 몸을 연꽃잎에 완전히 맡겼기 때문에 깃털처럼 가벼운 무게를 유지하고 있는 상태였다. 그렇기 때문에 꽃잎의 흔들림에 몸도 흔들리고 있었다.

"청공개벽(靑空開闢)."

곡필은 낮게 말하며 창을 좌우로 빠르게 움직였다. 그러자 콰콰! 하는 소리와 함께 거대한 물보라가 좌우에서 일어나 장권호를 향해 밀려들었다.

제8장
노을 지다

쏴아아!

물보라가 좌우에서 거대한 장벽처럼 올라오자 한순간 시야가 모두 가려졌다. 장권호는 앞을 가리는 물의 장벽에 굳은 표정으로 내력을 올렸다. 그러자 그의 발이 발목까지 물속으로 가라앉았다. 연꽃잎이 무게에 눌린 것이다.

그 순간 물의 장벽 너머로 흐릿하게 곡필의 신형이 눈에 들어왔다.

팍!

곡필의 창이 물의 장벽을 자르며 정확하게 장권호의 목을 베어왔다. 장권호는 어느새 삼 장여나 솟구친 상태였다. 위로 피한 것이다.

몸을 뒤집은 장권호는 재빨리 삼 권을 날렸다. 파팡거리는 풍압이 발생하는 소리와 함께 강렬한 권풍이 밀려가자 곡필은 몸을 돌리며 허공에서 권풍을 베었다. 바람을 베는 그의 창은 매우 빨랐으며 은빛 섬광을 머금고 있었다.

휘리릭!

옷자락 휘날리는 소리와 함께 다시 연꽃잎 위로 내려선 두 사람은 서로 노려보며 미간을 찌푸렸다. 그 순간 쏴아아! 하는 물벼락 소리와 함께 둘 사이로 허공에 솟구쳤던 호수 물이 떨어져 내렸다.

먼저 움직인 것은 장권호였다.

팟!

발로 호수의 수면을 차자 연꽃잎 하나가 뜯어져 곡필의 안면으로 날아갔다. 물이 다 떨어지는 그 순간 차 올린 물이었기에 곡필의 시야가 아주 잠시 가려졌다. 연꽃잎까지 날아들자 장권호의 모습을 잠시 찾지 못하였다.

곡필은 당황한 기색 없이 날아드는 물과 연꽃잎을 향해 세 번 창을 찔렀다. 그러자 한순간에 물보라가 흩어지고 연꽃잎도 조각으로 변하여 사라졌다. 그 때 장권호의 오른손이 앞으로 뻗어 나왔다.

슥!

창날을 스치고 지나친 장권호의 팔은 창신과 창대의 사이를 잡으려고 했다. 하지만 곡필도 그 의도를 알아차린 듯 창을 들어 올렸고 재빨리 장권호를 향해 사선으로 베어갔다. 장권호는 창대가 올라간 그 찰나의 순간 좌장을 앞으로 뻗어 곡필의 가슴을 노렸다.

내리치던 곡필은 장권호의 좌장이 더 빠르다는 사실을 깨닫고 허공으로 뛰어오르며 피했다. 그런 후 재빨리 창을 허리춤에 걸치고 빠르게 회전하며 물러섰다. 접근하던 장권호는 강한 내력을 담아 일 권을 내질렀다.

쾅!

폭음과 함께 두 사람의 신형이 서로 반대 방향으로 멀어져갔다.

휘리릭!

옷자락 휘날리는 소리와 함께 몸을 돌리던 곡필은 땅에 내려오자마자 몸을 통제하며 창을 쥐었다. 그의 눈에 저 멀리 호수 너머로 내려선 장권호의 모습이 잡혔다. 십여 장의 거리를 두고 멀어진 것이다.

"쩝."

입맛을 다시던 곡필은 상의가 너덜거리자 거추장스럽다는 생각에 벗어 던졌다. 그러자 젊은이들도 울고 갈 정도로 우람한 근육이 나타났다. 그의 잘 단련된 상체는 도저히 내일 모레가 환갑인 사람으로 보이지 않았다.

평소에도 게으름 피지 않고 매일 단련을 해왔다는 증거였다. 그만큼 자기 관리를 잘한 몸이었다.

서로 상대를 마주 보던 두 사람은 천천히 걸음을 옮기기 시작했다. 장권호는 좌측으로, 곡필은 우측으로 움직였다. 걸음을 옮기는 도중에도 둘의 시선은 단 한 번도 상대에게서 떨어지지 않았다. 그리고 점점 상대를 향해 가까이 다가서고 있었다.

호수를 끼고 반 바퀴 돈 것이다. 그렇게 해서 다시 마주선 두 사람은 굳은 표정으로 내력을 일으켰다.

스슥!

반보 앞으로 나서며 긴 창으로 공간을 점하고 장권호의 전신을 찌르는 곡필의 초식은 이미 처음부터 보아왔던 초식이었기에 장권호는 쉽게 피할 수가 있었다. 피하면서 반보 앞으로 내디뎌 창의 범위 안으로 들어가자 창날이 아니라 창대가 장권호의 손에 닿았다.

팍!

장권호가 창대를 잡으려는 순간 뒤로 한 발 물러선 곡필은 여전히 일 장 거리를 유지하고 있었다. 그 일 장의 거리는 좀처럼 좁혀지지 않았다. 아니, 처음부터 지금까지 그 거리가 좁혀지는 경우는 거의 없었다.

장권호의 숙제가 있다면 그 거리를 좁히는 일일 것이다. 하지만 곡필은 여느 고수와는 수준이 다른 강호의 십대고수였다.

지금 상황에서는 신창이라 불리는 그의 창을 피하는 것

만도 대단히 힘든 일이었다. 무엇보다 장권호는 맨손이었기 때문에 공격 거리가 긴 창을 제압하는 일이 쉽지 않았다.

하지만 오히려 장권호가 맨손이었기에 그가 더욱 대단하게 보이기도 했다. 맨손으로 창을 상대할 수 있는 사람이, 그것도 신창의 창을 상대할 수 있는 사람이 과연 현 강호에 몇 명이나 있을까? 단 한 명도 없을 것이다.

팡!

창대를 쳐올리자 곡필의 가슴이 보였고 장권호는 주저 없이 달려들었다. 하지만 이미 같은 방법을 좀 전에 사용했기에 곡필은 당황한 기색 없이 창대 끝으로 쳐왔다. 장권호는 팔꿈치를 향해 날아드는 창대의 모습에 장으로 바꾸었다.

쾅!

손바닥으로 창대를 치자 반탄력에 두 사람은 서로 튕겨 나갔다. 곡필은 창끝을 여전히 장권호에게 겨누며 말했다.

"자네가 노리는 사람이 무적명이라면 그만두는 게 어떻겠나?"

"무슨 말씀이십니까?"

장권호가 정색하듯 눈을 반짝이며 묻자 곡필이 다시 말했다.

"무적명과는 과거에 한 번 비무를 한 적이 있네. 그때 반

시진 만에 패배를 인정해야 했지. 반선장은 무섭더군. 그런데 자네의 무공은 무적명에 비해 무섭지가 않군. 무적명을 뛰어넘을 뭔가가 보이지 않네."

"솔직히 말씀드리면 무적명을 이길 자신은 없습니다."

"그런데 왜 도전을 하려는 것인가? 그것도 전 중원을, 아니, 전 강호를 적으로 돌리면서 그렇게 하려는 이유는 무엇인가?"

"명예입니다. 저는 명예를 가져오고 싶습니다. 무적명이 천하제일이 아니라 장백파의 무공이 천하제일이란 것을 알리고 싶을 뿐입니다."

"어떤 문파라도 천하제일의 무공을 보유하고 있다네. 단지 그것을 누가 수련하느냐에 따라 그게 천하제일이 되느냐 안 되느냐의 차이지."

곡필의 말에 장권호는 미소를 보이며 고개를 끄덕였다. 그의 말이 틀리지는 않았기 때문이다.

"맞는 말씀입니다."

"무적명을 이기면 천하제일은 장백파가 아니라 자네가 될 것이네. 물론, 현재의 무적명은 천하제일이 분명하고."

"유영천은 분명 강한 인물입니다."

"순수한 무공으로만 본다면 강호의 역사를 통틀어도 그 정도 무공을 소유한 인물은 몇 없을 것이네."

곡필은 미소를 보이며 유영천을 칭찬했다. 그에게 패한

것이 창피한 일이라고 생각지 않는 듯 보였다. 상대가 무적명이기 때문이다. 강호제일의 고수였기에 창피함이 없었던 것이다.

"그런데 자네가 이길 것 같지는 않군."

"왜 그렇습니까?"

"좀 전에도 말했지만 특별한 무언가가 안 보이네. 자네의 무공이, 아니, 장백파의 무공은 단순해 반선장이나 태극혜검 같은 오묘함과 신묘함이 안 보이네. 그런데 무엇으로 그를 이긴단 말인가? 나 하나 이기는 것도 이렇게 애를 먹는데 말이네."

곡필의 말을 들으면 화가 날수도 있지만 장권호는 오히려 미소를 입가에 걸었다. 곡필은 말은 분명 자존심을 건드는 말이었다. 또한 장권호, 아니, 장백파를 무시하는 말이기도 했다.

하지만 그 속에는 다른 뜻이 포함되어 있었다. 그건 더 이상 무공을 숨기지 말고 최선을 다해보라는 뜻이기도 했다.

장권호가 말했다.

"절기를 보이라는 말처럼 들립니다."

곡필이 고개를 크게 끄덕이며 눈을 반짝였다.

"그렇지."

곡필의 모습에 장권호는 자세를 좀 더 낮게 하고 왼손을 반 권으로 눈앞에 들었다. 그리고 오른손을 가볍게 땅으로 늘어뜨린 후 상체의 힘을 앞발로 옮기자 그의 상체가 앞으로 기울어졌다. 지극히 공격적인 자세를 취한 것이다.

그 모습에 곡필은 눈을 반짝였다. 지금까지 장권호는 이렇게 상체를 숙이지 않았기 때문이다. 장권호가 강렬한 투기를 발산하자 그의 주변으로 강한 바람이 일어나 사방으로 불었다. 장권호가 말했다.

"조심하십시오."

"그러지."

곡필의 투기도 장권호의 투기만큼 커져 사방으로 몰아쳐 갔으며 그의 창대가 조금씩 회전하며 원을 그리기 시작했다. 곡필은 손목만을 이용해 원을 그려가고 있는 중이었고 그에 따라 창대와 창신 주변으로 유형의 회오리바람이 일어나기 시작했다.

"후우웁!"

숨을 크게 들이 마시자 장권호의 상체가 한순간에 커졌다. 그리고 숨을 내쉬자 그의 상체가 다시 본래로 돌아오며 눈동자가 사납게 반짝이기 시작했다.

장권호가 초환공을 펼친 것이다! 그러자 그의 주변으로 더욱 사나운 투기가 몰아쳤다.

멀리서 보던 청영도 장권호의 기운이 삽시간에 마치 맹수처럼 변하자 자리에서 일어섰다. 보기에도 절초를 펼칠 것처럼 보였기 때문이다. 그렇다면 눈에 담아야 했다.

팟!

먼저 움직임 것은 장권호였다. 그의 신형이 잔상과 함께 나아가자 기다렸다는 듯이 곡필이 창을 앞으로 찔렀다. 그러자 거대한 회오리가 장권호의 전신을 집어삼키듯 날아들었다.

"천공선풍!"

곡필은 절초를 펼치며 창을 앞으로 찔렀고 그 주변 오장여가 부챗살 모양으로 거대한 회오리에 집어삼켜졌다. 그 속으로 장권호가 들어온 것도 그 찰나의 순간이었다.

쾅!

"용신수(龍神手)!"

콰쾅!

폭음과 함께 한순간에 회오리치던 유형의 강기가 사라졌으며 장권호의 양손이 창신을 타고 창대로 올라왔다.

파팟!

창신을 타고 장권호의 손이 올라오는 그 찰나의 순간, 마치 균열이라도 일어나듯 곡필의 창에 금이 갔다. 그 모습에 곡필의 안색이 굳어졌다. 곡필은 재빨리 물러나 원을 그리며 장권호와 거리를 두고 유형의 강기를 뿌렸다. 그때 장권호의 양손이 원을 그리며 회전하는 창대를 가격했다.

"파멸격(破滅擊)!"

쾅!

"......!"

장권호의 손이 창대를 지나치자 순식간에 창이 조각나 마치 암기처럼 사방으로 퍼져나갔다.

"큭!"

놀란 눈빛으로 뒤로 물러선 곡필은 굳은 표정으로 장권호를 노려보았다. 그의 이마에 창의 조각 하나가 살짝 박혀 있었다.

주륵!

핏방울이 이마에서 살짝 흘러내리자 곡필의 신형이 가볍게 흔들렸다. 그러자 그의 전신에 수십 개의 쇳조각이 박힌 곳에서 피가 흘러내리기 시작했다.

장권호는 양손을 앞으로 뻗은 후 손 모양을 마치 용의 발톱처럼 움켜쥐더니 천천히 단전 앞으로 내린 후 자세를 바로 잡았다. 곧 가볍게 손을 늘어뜨린 장권호의 입에서 깊은 숨이 흘러나왔다. 초환공을 푼 것이다.

"헉!"

자신도 모르게 지붕 위에 서서 보던 청영은 놀라 눈을 부릅떴다. 웬만한 일에 크게 놀라는 일이 없는 그였기에 그의 놀라워하는 표정을 옆에서 본다면 그것 또한 놀랄 만한 일이라고 여길 것이다.

청영은 눈을 크게 뜬 채 좀 전까지 장권호가 움직였던

모습을 머릿속에서 되새기기 시작했다. 단편적인 조각들만이 그의 눈에 들어왔었기 때문이다.

'천공선풍도 처음 보지만 장권호의 움직임은 무엇이란 말인가? 저것이 극성으로 펼친 유령보란 말인가?'

청영은 초환공에 대해 모르기 때문에 유령보를 극성으로 펼친 것으로 보았다. 천공선풍의 거대한 회오리 안으로 장권호가 들어간 것처럼 보였지만 실제 장권호는 곡필의 창이 펼친 범위를 크게 돌아 반원을 그리며 다가갔었다.

그 모습이 단편적으로 하나씩 잔상으로 보인 상태였고 청영은 그 모습을 똑똑히 보았다. 그리고 땅이 파이고 주변 나무와 풀들이 파괴되는 와중에 장권호의 손이 창신에서부터 창대를 타고 올라가는 모습도 보았다.

'무섭도록 강한 수공이로구나.'

청영은 장권호의 손에 닿은 순간 갈라지는 창의 모습을 보았기에 두렵다는 생각도 들었다. 자신의 검이라도 장권호의 손에 닿으면 저렇게 될 게 뻔했기 때문이다. 아마 그의 손을 견딜 무기는 이 세상에 없을지도 모른다.

곡필의 내력이 담긴 창을 저렇게 쉽게 부수는데 어떤 무기가 남아나겠는가? 청영은 대단하다는 말만 연신 중얼거렸다.

"쿨럭! 험! 험! 캬악, 퉤!"

기침을 하던 곡필은 피를 모아 한 움큼 바닥에 뱉어냈다. 그러자 그의 안색이 조금 원래대로 돌아오는 듯했다. 그는 곧 온몸에 힘을 모으더니 주먹을 굳게 쥐었다. 그러자 파파팟! 하는 소리와 함께 그의 전신에 박힌 쇳조각들이 사방으로 튀어 나갔다.

탁!

장권호의 발 앞으로 창신의 조각 하나가 반쯤 피를 머금고 떨어졌다. 장권호는 담담한 표정으로 곡필을 쳐다보았다.

곡필이 정신을 차린 듯 장권호를 향해 시선을 던지며 물었다.

"무공이 뭔가?"

"용신수입니다."

"용신수라…… 대단하군. 그렇지 용의 발톱을 누가 이기겠나? 대단하군. 대단해."

곡필은 고개를 끄덕이며 입술을 깨물었다. 그러다 곧 깊은 숨을 내쉬더니 잠시 하늘을 쳐다보았다.

그러자 수많은 기억과 추억이 그의 뇌리를 스치고 지나갔다. 후회한 일도 있었고 즐거웠던 기억도 있었다.

곡필은 곧 담담한 표정으로 말했다.

"아무래도 나는 은퇴를 해야겠군. 이토록 젊은 고수가 나타났는데 더 이상 내가 강호에 있을 이유는 없지. 자네가 이겼네."

"감사합니다."

장권호는 곡필이 너무도 쉽게 자신의 패배를 인정하자 그의 대범한 성격이 보였다. 강호의 누구라도 자신의 패배를 인정하는 일은 싫을 것이다.

이름이나 명성이 높으면 높을수록 더욱 패배를 인정하지 않으려 할 것이다. 하지만 곡필은 깨끗하게 승복한 듯 보였다.

"옛말이 틀린 게 하나도 없네. 장강의 앞 물결은 뒷 물결에 밀린다고 하지. 자네를 보니 굳이 내가 이 나이 먹도록 강호에 남아 있을 이유가 없다는 사실을 알았네."

곡필은 그렇게 말한 후 양손을 들어 보았다. 늘 손에 창이 들려 있었는데 지금은 그의 손에는 아무것도 없었다. 장권호의 손에 조각난 것이다.

"무적명이라……."

곡필은 가만히 중얼거리며 곧 신형을 돌렸다.

"즐거웠네. 좀 쉬고 싶군."

"예."

장권호는 신형을 돌린 곡필에게 허리를 숙였다. 그게 곡필에게 해야 할 자신의 예의라고 생각했다.

휘리릭!

청영이 옷자락을 휘날리며 옆으로 내려와 말했다.

"장백파의 무공은 과연 대단하군. 좋은 구경을 하였다

네."

"감사합니다."

장권호의 대답에 청영이 다시 말했다.

"신창을 이겼으니 이제 장강을 건너갈 것인가?"

"그렇습니다."

"다음은 어딘지 짐작이 가는군."

청영의 말에 장권호는 미소로 답했다.

밖으로 나오자 기다렸다는 듯이 서영아가 다가왔다. 그녀는 반짝이는 시선으로 장권호의 모습을 살폈다. 다행히 크게 다친 모습은 없었기에 안심한 표정을 보였다.

"어떻게 되었소?"

소정명이 크게 묻자 장권호는 그저 미소만 보일 뿐 대답하지 않았다.

"할아버지는요?"

"안에 계시오."

곡영영의 물음에 장권호가 답하자 국선장 식구들이 일제히 안으로 들어갔다. 그들은 누구보다 곡필의 안위가 걱정되는 듯 보였다.

"이긴 모양이오?"

남궁명이 굳은 표정으로 묻자 장권호는 대답하지 않았다. 그러나 그의 여유 있는 모습에서 남궁명은 이긴 것으로 판단했다.

"하긴 졌다면 저렇게 나오지도 못했겠지. 축하하오."

제갈수가 퉁명스러운 표정으로 말하자 장권호는 고개를 끄덕였다.

"고맙군."

장권호의 말에 제갈수는 시선을 돌렸다. 아직도 그와의 원한을 가슴에 품은 그였기에 장권호와 이렇게 있는 사실 자체도 불편한 것이 사실이었다. 하지만 그의 강함에 두려움과 약간의 존경심도 생겼다.

상대는 신창 곡필이었기에 더더욱 장권호가 대단해 보였다.

"이제 앞으로 어디로 갈 건가요?"

"장강을 넘어야지."

"드디어 강남으로 가는군요."

장권호는 서영아의 말에 고개를 끄덕였다. 그러자 남궁명이 물었다.

"그럼 다음은 남궁세가로 오는 것이오? 어디로 가는지 알고 싶소."

서영아의 말을 들은 그였기에 확실히 알고 싶어 물었다. 그러자 장권호가 눈을 반짝였다.

"남궁세가로 가지."

"……!"

장권호의 입에서 직접 남궁세가가 언급되자 남궁명의 눈이 커졌고 소정명이 눈을 반짝였다.

"이거 대단한 일이군. 서둘러 전 강호에 퍼트려야 할 내용이야. 입이 근질근질하군. 나 먼저 분타로 달려가겠네."

"잠깐!"

남궁명이 소정명이 재빨리 움직이자 그 앞을 막으며 말리려 했다. 소문이 퍼지면 좋지 않다고 판단했기 때문이다.

하지만 소정명의 신형은 어느새 지붕 세 개를 넘어가고 있었다. 남궁명이 그 모습에 아미를 찌푸렸다.

"남궁세가로 가신다니…… 달갑지는 않소이다."

"두려운가보군요?"

서영아가 재미있다는 듯 묻자 남궁명이 인상을 쓰며 말했다.

"그럴 리가 있소? 오히려 영광이오. 남궁세가까지 제가 안내하리다."

"고마워요."

"고맙군."

서영아와 장권호가 대답하자 남궁명은 신형을 돌렸다. 몇 걸음 옮기다 그는 걸음을 멈추고 눈을 반짝이며 말했다.

"분명히 말하지만 아버님은 강한 분이오."

"알고 있네."

장권호의 대답에 남궁명은 고개를 끄덕이며 다시 걸음을 옮겼다. 문득 고개를 들어 하늘을 보니 어느새 해가 서산으로 넘어가려는 듯 하늘을 붉게 물들이고 있었다.

*　　　　*　　　　*

곡필과 장권호의 대결이 전 강호에 삽시간에 퍼져나갔다. 곡필을 어떻게 이겼는지는 알려지지 않았지만 분명한 건 장권호가 이겼다는 사실과 곡필이 강호를 은퇴한다는 사실이었다.

또한 장권호의 다음 행선지가 남궁세가라는 소문도 빠르게 퍼져나갔다.

강호는 또 다시 술렁였다. 그리고 남궁세가로 수많은 강호인들이 몰려들기 시작했다.

절강성 동남부를 길게 가로지르는 구강의 중류에 자리한 남촌은 사람이 그리 많이 사는 동네는 아니었다. 이곳에서 강을 따라 백 리 정도 내려가면 절강성에서 항주 다음으로 큰 규모를 자랑하는 온주성이 나오는데 그곳에는 많은 사람이 살고 있었다.

선선한 바람을 맞으며 삿갓을 쓴 백의인이 나무 그늘에 앉아 낚시를 하고 있었다. 강물로 뻗은 낚싯대는 바람에 조금씩 흔들리고 있었다.

삿갓 밑으로 턱선이 보였고 반백의 수염도 보였다. 수염을 보면 나이는 꽤 들어 보이는 인물 같았다.

슥!

그의 뒤로 풀밭을 밟으며 걸어오는 소리가 들렸고 중년인은 삿갓을 슬쩍 들어 다가오는 인물을 쳐다보았다.

삿갓을 쓴 중년인에게 다가오는 인물은 젊은 청년이었다. 청년은 상당히 긴장한 표정으로 조심스럽게 중년인에게 다가오고 있었다.

그는 중년인의 뒤로 삼 장여까지 접근하자 걸음을 멈추고 서서 가만히 낚시하는 모습을 바라보았다. 아무래도 그가 낚시를 끝내길 기다리는 듯 보였다. 중년인은 청년을 확인한 후 별다른 말없이 다시 낚시에 열중했다.

한참 동안 말없이 흘러가는 강물과 낚싯대를 보던 중년인은 하늘이 붉게 물들어가기 시작하자 천천히 자리에서 일어섰다.

"으음……."

가볍게 신음을 흘리며 허리를 핀 중년인은 허리를 움직이며 기지개를 폈다. 그 모습에 청년이 앞으로 한 발 나섰다.

"풍비가 인사드립니다."

나타난 청년은 삼도천의 풍비였다. 그는 중년인을 상당히 어려워하는 것처럼 보였다. 중년인은 그 말에 삿갓을 슬쩍 들어 올리며 말했다.

"가지."

"예."

풍비는 공손히 대답한 후 낚싯대를 든 중년인의 뒤를 조용히 따라갔다.

중년인은 강변에서 멀리 떨어지지 않은 초옥에 당도하자 마당에 놓인 마루에 앉으며 입을 열었다.

"왜 왔나?"

"공천자 님께서 찾으십니다."

"조가가?"

"예."

중년인은 고개를 선선히 끄덕이며 삿갓을 벗어 옆에 놓았다. 그러자 강인한 인상의 중년인이 얼굴을 보였다. 그의 눈빛은 차가웠으며 남을 압도할 만큼 강렬한 빛을 담고 있었다.

"왜 찾지? 당분간 쉬고 싶다고 말을 했었는데……."

중년인이 살짝 미간을 찌푸리며 말하자 풍비가 얼른 대답했다.

"장백파의 전인이 나타나 중원을 유린하고 있기에 찾으시는 겁니다."

"장백파?"

장백파란 말에 중년인은 눈을 반짝였다. 그러자 양청이 다시 말했다.

"장권호라는 자로 얼마 전 신창 곡필도 이겼습니다. 그는 현재 강남의 남궁세가로 향하는 중입니다. 그로 인해 강호가 상당히 시끄럽습니다."

"재미있는 친구로군. 그래서 그자 때문에 내가 가야 한다는 건가?"

"그렇습니다. 그자의 목표는 천주이옵니다."

"천주라…… 그렇다면 더더욱 내가 나설 필요가 없겠군. 어차피 천주에게 패할 게 아닌가?"

그의 말에 양청은 그럴 줄 알았다는 듯 미리 준비한 말을 꺼냈다.

"무천자 님께서 그자와 비무를 하셨는데 무승부였다고 합니다. 그만큼 강한 인물입니다."

"호오…… 그래?"

무천자라는 말에 그는 상당히 관심을 가지는 표정을 보였다.

"그놈이 승부를 내지 못한 놈이라…… 재미있군."

그는 흥미로운 표정으로 눈을 반짝이다 자리에서 일어섰다.

"만나고 싶군."

그의 말에 풍비가 매우 기쁜 표정으로 눈을 반짝이며 말했다.

"제가 안내하겠습니다."

"당연히 그래야지."

중년인의 말에 풍비는 허리를 깊게 숙였다.

"감사합니다. 정천자 어르신."

풍비의 말에 삼도천 또 한 명의 하늘이자 정천자라 불리는 적토대황(赤土大皇) 강규가 미소 지었다.

"장백파의 장권호라……."

강규의 눈에 살기가 감돌았다.

〈다음 권에 계속〉